人間腸詰

夢野久作

角川文庫
23100

目次

人間腸詰

あっしの洋行の土産話《みやげ》ですか。

イヤハヤどうも……あんまり古い事なんで忘れちゃいましたよ。何なら御勘弁願いたいもんで……ただもうビックリして面喰らって生命《いのち》からがら逃げて帰って来たダケのお話でゲスから……。

……ヘエ……あの話。あの話と申しますと？　ヘエ。世界が丸いお蔭で、あっしが腸《ソー》詰《セージ》になり損った話……。

うわあ。こいつぁ驚いた。誰からお聞きになったんで。ヘエ。あの植木屋の六から……弱ったなあドウも。飛んでもねえ秘密をバラしやがって……アイツのお饒舌《しゃべり》と来た日にゃ手が付けられねえ。死んだ親父《おやじ》から聞きやがったんだナ畜生……誰にも話したこたあねえのに……。

ヘエヘエ。こりゃあドウモ御馳走様でゲス。こうやって自分の手にかけたお座敷で、兄弟分がこしれえたお庭をながめながら、旦那様のお相伴《しょうばん》をして一杯頂戴出来るなんて職人冥利《みょうり》の行き止まりでげしょう。ヤッ、こりゃあドウモ、奥様のお酌《しゃく》で……どうぞお構い遊ばしませんで……手酌で頂戴いたしやす。チイット世界が丸過ぎるようで。へへへ。オットット……こぼれます、こぼれます。

それじゃ、そのガリガリの一件から世界のマン丸いわけがわかったてえお話を、冒頭《まくら》からやって見やすがね……ガリガリてなあ、人間を豚や犬とゴッチャにして腸詰にする機械の音なんで……へエ。亜米利加《アメリカ》に今でも在る。旦那様も御存じ……へエへエ……そのガリガリの中へあっしが入り損ねたお話なんでゲスから、アンマリ気持ちのいいお話じゃ御座んせん。亜米利加《アチラ》では人を殺すとアトがわからねえように腸詰にしちまうんだそうですからね。今思い出してもゾッとしますよ。お酒のお肴《さかな》になるようなお話じゃねえんで……何なら御免を蒙りてえんで……。

へエッ。奥様はソンナお話が大のお好きと仰言《おっしゃ》る……恐れ入りやしたなあドウモ。そんな話を聞いてるうちに眼尻が釣り上がって来て自然と別嬪《べっぴん》になる……新手《あらて》の美容術……ウワア。エライ事になりましたなあドウモ。あっしの嬶《かかあ》なんぞはモウ以前《せん》に水天宮で轆轤首《ろくろっくび》の見世物を見て帰って来ると、その晩、夜通し魘《うな》されやがったもんで……ほかじゃあ御座んせん、手前の首が抜けそうで心配になっちゃったんだそうです。……ヒヤア、抜ける抜けるとか何とか詰らねえ声を真夜中出しやがるんで……箆棒《べらぼう》めえ、抜けるほどの別嬪と思ってやがるのか……ってんで、背中を一つドヤシ付けて遣りましたら、ヤット正気付きましたがね。あれがドウモいけなかったようで……とうとう一生涯、別嬪にならず仕舞いで、惜しい事をしましたよ。まったく。へへへ。世の中は変われば変わるもんでげす。

あっしが二十七の年でゲスから三十年ばかり前のことでしょう……明治三十何年かのお正月の話でゲス。その時分は台湾の総督府で仕事さして頂いておりましたが、その春から夏へかけて亜米利加の聖路易《セントルイス》てえ処で世界一の博覧会がオッ始まるてんで、日本の台湾からも烏竜茶《ウーロンちゃ》の店を出して宣伝してはドウかてえお話が持ち上がりました。その時分までは何でもカンでも舶来《はくれえ》舶来ってんで、紅茶でも何でもメード・イン・毛唐でねえと幅が利かねえのが癪《しゃく》だってんで……。印度産の極上品よりもズット芳香《かおり》の高い、味の美《い》い烏竜茶を一つ毛唐に宣伝してみろってえ、その時の民政長官の男爵様で、後藤新平てえ方が……ヘエ。その蛮爵様が号令をおかけになったんだそうで……あっしも一つ台湾風の大きなカフェーを、この博覧会の中へ建てに行かねえかってえ蛮爵様からのお言葉でしたがね、ビックリしやしたよマッタク。

自慢じゃ御座んせんが小学校を出たばかりのタタキ大工《だいく》なんで……雀《すずめ》がチューチュー鴉《からす》がカアカア。チイチイパアパアが幼稚園の先生ぐれえの事しか知らねえ江戸ッ子一流の世間見ずでゲス。箱根の向こうへ行ったら日本語でせえ通じなくなるんですから、洋行なんて事あ考えてみた事も御座んせん。

総督府の官舎を建てに台湾へ渡る時にも、乗っている船が陸地《おか》の見えない海の上を平気でドンドン走って行きますので、何だか妙な気持ちになっちゃいましてね。私《あっし》たちを引率している藤村てえ工学士の方に聞いたら笑われましたよ。

「地球は丸いものだから心配しなくてもいいよ。イクラ行ったって、おしまいにはキット日本へ帰り着くんだから」

「ヘエ。誰か見た者がおりますかえ」

「見なくたってわかっている。日本男児の癖に意気地がねえんだナお前は……。天草の女を御覧……世界が丸いか四角いかわかりもしない娘ッ子のうちから世界中を股《また》にかけて、いろんな人種を手玉に取って、お金を巻き上げちゃあ日本の両親の処へ送るんだ。大したもんだよソリャア。世界中の何処の隅々に行っても天草女のいない処はないんだよ」

「ヘエッ……成る程ねえ。そんなものですかねえ」

「まったくだよ。洋行するとわかる」

「ヘエ、そんなに天草女ってものは大勢いるもんですかねえ」

「いるかいないか知らないが、外国では炭坑でも、金山でも、護謨《ゴム》林でも開けると、機械より先にまず日本の天草女が行くんだ。それからその尻を嗅ぎ嗅ぎ毛唐の野郎がくっ付いて行って仕事を始める。町が出来る。鉄道がかかる、という順序だ。善《い》い事でも悪い事でも何でも、皮切りをやるのはドッチミチ日本の女だってえから豪気なもんだよ。まったく思いがけない処でヒョイヒョイ天草女にぶつかるんだからね」

「ヘエ。そんな女はおしまいにドウなるんでしょうか」

「そりゃあキマリ切っている。そのうちに世界の丸いことがホントウにわかって来ると、そこで一人前の女になって日本へ帰って来て、チャンと普通《あたりまえ》の結婚をするんだ。また……それぐらいの女でないと天草では嬶《かかあ》に招《よ》び手がない事になっているんだから仕方がない」

「嫁入道具に地球儀を持ってくようなもんですね」

「まあソンナもんだ。だから天草には、世界の丸いことがわからないと洋行出来ないナンテ意気地のない女は一匹もいないんだよ」

あっしは余計な恥を搔《か》いたんで赤くなっちゃいましたよ。それでもイクラか安心するにはしましたがね。

ですから亜米利加へ渡る時には、相当落ち着いておりましたよ。仲間の奴に……大工と左官《さかん》とで、植木屋の六の親父も入れて十四、五人ぐれえおりましたっけが……そんな連中に基隆《キールン》で買った七十銭の地球儀を見せびらかして、日本の小さい処を講釈して聞かせたりして片付いておりましたがね。そのうちに毎日毎日アンマリ長いこと海の上ばっかりを走って行くのに気が付くと妙なもので、理屈は吞み込んでいる癖に、何となく心配になって来ました。今でも初めて洋行する人は、よくソンナような頭のヘンテコになる病気にかかるんだそうで、熱ぐらいあったかも知れません。別に何ともないのに、何だかミンナが欺されて島流しにされるんじゃねえか。佐渡が島へ金坑《かね》掘りに遣られるんじゃねえか……なんて考えていると、ドウモ頂くものが美味《おい》しく御座んせん。毎日毎日そのライスカレーとシチュウとコロッケに飽きちゃったのかも知れませんがね。

そのうちに船の中で演芸会が始まりました。あっしがステテコを踊ることになったんで……船の中に派手な三桝《みます》模様の浴衣と……そのころまだ団十郎《くだいめ》が生きておりました時分で……それから赤い褌《ふんどし》木綿と、スリ鉦《がね》、太鼓、三味線なんぞがチャント揃ってたのには驚きましたよ。

当日になると中甲板の五、六百人ぐらい入る広間《ホール》に舞台が出来て、そこへ一等の船客から吾々特別三等の連中まで一パイになって見物するんで、皮切りにヒョウキンな西洋人の船長が飛び出して、西洋手品を始める。ナカナカ鮮かなもんでしたが、こりゃあ当り前でさあ。そのあとへ日本人が上がってヤッパリ西洋手品を使いましたがアンマリ冴えません。メード・イン・ジャパンが今でも幅の利かないのは手品ばっかりでしょう。そのうちにあっしのステテコの番が来たんで立ち上がろうとしている処へ、今の植木屋の六の親父でゲス。その時はモウいい禿頭《はげあたま》の赤ッ鼻でしたっけが、あっしから世界の丸い話を聞いてから言うもの毎日毎日甲板に出て、船の周囲《まわり》をグルグルまわってゆく蓄音器のレコードみたいに平べったい海を見まわしながら、首をひねっていた奴なんで……その日も、あっしと組になってステテコを踊ることになっていたんですが、そいつが派《は》手《で》な浴衣に赤褌《あかふん》のまんまボンヤリ甲板から降りて来やして、出の囃子《はやし》を聞いているあっしの顔をジイッと穴のあくほど見ながら小ッポケなドングリ目をパチパチさせたもんです。

「おらあドウしてもわからねえ」

「何がわからねえ」

「世界が丸いてえ理屈が……」

「馬鹿だあ手前は……イクラ言って聞かせたってわからねえ。台湾へ渡った時にヤットわかったて安心してたじゃねえか」

「それはお前《めい》だけだ。俺《おら》あアレからチットモ安心していねえんだ。不思議でしょうがねえんだ」

「何が不思議だえ」

「だって考えても見ねえ。あの地球儀みてえなマン丸いものの上にドウしてコンナに水が溜まっているんだえ……。おまけに大きな浪が打ってるじゃねえか……ええ……」

そう聞くとあっしも頭の芯《しん》がジインとして考え込んじまいました。口では強いことを言いながら心の奥ではやっぱり心配していたんですね。そこが病気のセイだったかも知れませんが、図星を指されてハッとしたようなアンバイで変テコレンな眼のまわるような気持ちになっちゃいました。そこいらがだんだん薄暗くなって気が遠くなって行くようなアンバイで……そのまんま引っくり返《けえ》っちゃったらしいんです。気が弱かったんですね、あっしは……もっともその時にはモウ六の親父と一緒に揃ってソンナ病気にかかっていたんだそうですから仕方がありませんがね。妙な病気があればあったもんでゲス。癲癇《てんかん》なら差し詰め地球癲癇だったのでしょうが、そんなオボエは毛頭なかったんで……自分でもおかしいと思いましたよ。

ですから同じ病気にかかっていた六の親父も、あっしが引っくり返ったのを見ると直ぐに追っかけて引っくり返りやがったんだそうで……これは大変だと思ったトタンに世界中が平ベタクなったてんですからダラシのねえ野郎で……お蔭でステテコはオジャンになっちまいました。誰が言い出したものか知れませんが、モトモト平べったい処に住んでいる人間に「世界は丸い」なんて罪な御布告《おふれ》を出したものでがすよ、まったく。大本教のお筆先に引っかかったみてえで……それから亜米利加へ着くまで二週間ばかりの間、六の親父とあっしと二人で上甲板の病室に入れられてウンウン言っておりました。

　アトから聞いてみると揃いも揃ったステテコが二人つながって引っくり返った。場違いのステテコだ……てんで船中の大評判になったんだそうで……おまけに二人とも……大変だ大変だ……とか何とか変な譫語《うわごと》を並べたもんですから、念のために血を取って調べてみると恐ろしいもんでゲス。浮気の痕跡《あと》がタップリと血の中に残っている。この白《こ》痴《け》野郎ッ……てな毒の名前だったと思いますがね。ヘエ。そのゴノコッケンの陽性なんで、テッキリ脳梅毒……何をするかわからねえということになって閉め込みを喰ったもんです。そのまた、船のお医者って奴がチャチな塩《しょ》っぱい野郎だったのでしょう。そのうちにホントの病気の名前がわかったんだそうですが……。

　ヘエ、その病気の名前ですか。エエト……そうそう六の親父《おやじ》のが「野垂れ死に」てえんで、あっしのが「鸚鵡《おうむ》・小便《シッコ》」てんだそうで……笑いごとじゃねえんで……ヘエ。ノスタルジイ……ノスタルジャにホーム・シックでゲスかい。どうもおかしいと思った。

お笑いになっちゃ困ります。二人とも熱が八度ばかり出ましたよ。日本へ帰ってから聞いてみたら舶来の神経衰弱なんだそうで……重いのがノスタレジイで軽いのがオーム・シッコてんだそうですが、ハイカラな病気があればあるもんですね。派手な浴衣の赤褌に、黄色い手拭《てぬぐい》の向こう鉢巻がノスタレのオームシッコでウンウン言ってるんですから世話ありゃせんや……。

それでも亜米利加へ上陸《あが》ると二人とも急に元気になりましてね。聖路易《セントルイス》へ着くと直ぐに建前にかかりやした。藤村てえ工学士さんが引いてくれた図面の通りに台湾式の御殿を建てましたが、大した評判でげしたよ。ソリャアあっしとノスタレ爺の写真が大きく新聞に出ましたよ。ノスタレ爺の方は植木屋でゲスから、その台湾館の前に作った日本式のお庭が大受けに受けちゃったんで……ノスタレ爺の野郎は雪舟《せっしゅう》の子孫だってえ事になったんですから呆《あき》れて物が言えませんや。あっしの方はモットおかしいんで……あっしはこれでも小手斧の癇持ちでげして、小手斧の木片が散らかるのが大嫌いでげす。そこで最初《のっけ》から手を付けた四十尺ばかりの美事な米松の棟木をコッツンコッツンと削《こな》して行くうちに四十尺ブッ通しの継《つな》がった削屑《アラ》をブッ放しちゃったんで、見ていた毛唐の技師が肝を潰したもんだそうです。その話が亜米利加中の新聞に出たってんで、あっしが船の中で退屈凌《しの》ぎに作った箱根細工のカラクリ箱がまだ博覧会の始まらねえうちにスッカリ売約済みになる。六の親父をお雪の旦那のピイピイモルガンて奴が買いに来るってなアンバイで、大した景気でしたよ。毛唐って奴はつまらねえ事を感心するんですね。へへへ。

そのうちに屋根の反《ソ》ックリ返った、破風造のお化けみてえな台湾館が赤や青で塗り上がって、聖路易の博覧会がオッ始まる事になりますと今のノスタレとオーム・シッコが二人でフロッキーコートてえ活弁のお仕着せみてえなものを着込んで入口の処へ突っ立って、藤村さんから教わった通りの英語を、毎日毎日大きな声で怒鳴《どな》るんです。

「じゃぱん、がばめん、ふおるもさ、ううろんち、わんかぷ、てんせんす。かみんかみん」

お笑いになっちゃ困ります。何てえ意味だかチットモ知らなかったんで……最初のうちは茶目好きの藤村さんが「右や左のお旦那様」を英語で教えたんじゃねえかと思ってましたがそうでもないらしいです。お大師様の「あぼきゃあ兵衛、露西亜のう、中村だあ」式の英語で、毛唐の厄払いか、荒神《こうじん》祀《まつ》りの文句じゃねえかとも考えてみましたがそうでもないらしいんで……ズット後になって聞いてみましたら「日本《じゃぱん》専売局《がばめん》台湾《ふおるもさ》烏竜《ううろん》茶《ち》一杯《わんかぷ》十銭《てんせんす》、イラハイイラハイ《かむいんかむいんかむいん》」てんですから禁厭《まじない》にも薬にもなりゃあしません。

もっともこのお祓《はら》いの文句の意味が、そんなに早くからわかってたら、アレの生命《いのち》はなかったかも知れません。舶来の腸詰《ソーセージ》になっちゃって、毛唐の糞《くそ》小便に生まれかわっていたかも知れねえんで……変テコなお話でゲスが人間の運てえものは、ドンナ事から廻り合わせて来るか知れたもんじゃ御座んせん。正直の処「わんかぷ、てんせんす」と米の生《な》る木があっしの生命の親なんで……。

とにかくソイツを訳のわからねえまんまに台湾館の前に突っ立って、滅法矢鱈《やたら》に威勢よく怒鳴っていると、ドシドシ毛唐が入って来る。台湾館の中では選り抜き飛切りの台湾生まれの別嬪が、英語ペラペラで烏竜茶の講釈をしながら一枚八仙《セント》の芭蕉煎餅《ばしょうせんべい》を出してお給仕をする。その毛唐らが入りがけや出て行きがけにあっしとノスタレに五仙か十仙ずつくれて行きます、たまには一弗《ドル》も五弗もくれる奴がいる。そうかと思うと何もくれねえでソッポ向いて行く猶太人《ジュー》みてえな奴もいるってな訳で、いい小遣いになりやしたよ。

そのうちに英語がチットずつわかって参りやした。水の事を「ワラ」ってんで……ワラワセやがるてのは、これから始まったのかも知れません。舟に乗って来るのが「ナビゲタ」。席亭話《よせばなし》の鍋草履《なべぞうり》てえのと間違いそうですね。女の事が「レデー」ですから男の事が「デレー」かと思ったら豈《あに》計らんや、「ゼニトルマン」でげす。成る程こりゃあ理屈でゲスが失礼したくなりますね。奥さんのことが「マム」……「女はマモノ」ってえ洒落《しゃれ》かも知れませんが、ドウカと思いますよ。「お早よう」てのが「グルモン」、こいつは「グル」だけでも間に合います。江戸ッ子の「コンチワ」が「チャア」で済むようなもんでげしょう。「今晩は」が「グルナイ」。「勝手にしゃアガレ」てクッ付けて遣りてえくれえで……。「さようなら」が「グルバイ」……どうしてこう毛唐はグルグル言いたがるんだか……獣から人間になり立てみてえで……もっとも毛唐は毛の字が付くだけに手も足も毛ムクジャラですからね。女なんかでも顔はパヤパヤとした生《う》ぶ毛だらけで、身体中は鳥の毛を挘《むし》ったようにブツブツだらけでゲス。傍へ寄ると動物園臭くって遣り切れませんがね。男でも女でも物をくれるたんびに「タヌキ」と言って遣ると喜んでいるんですからヤッパリ獣なんでげしょう。

ところが、その毛唐のタヌキ野郎に非道《ひど》い目に合わされたお話なんで……獣だけに悪知恵にかけちゃ日本人は敵《かな》いませんや。

あっしらが人寄せをやっている台湾館の中には六人の台湾娘がいて、お茶の給仕をしておりました。そいつらの名前は三十年も前《めえ》の事ですから忘れちゃいましたが何でも、フン、パア、チョキ、ピン、キリ、ゲタってな八百屋の符牒《ふちょう》みたいな苗字の女の子が、揃って台湾選り抜きの別嬪ばかりなんで、年はみんな十七か八ぐれえの水の出花ってえ奴でしたが、最初っからの固いお布告《ふれ》で、そんな女たちに指一本でも指したら最後の助、お給金が貰えねえばかりでなく、亜米利加でタタキ放しにするという蛮爵様からの御達しなんで、おまけに藤村さんは藤村さんで、一足でも博覧会場から踏み出すことはならねえ。亜米利加の町にはギャングとかガメンとかいう奴が何処にでもいて、昼日中でも強盗や人攫《さら》いをやらかす。気の弱い奴と見たらピストルで脅《おど》威かして大盗賊《おおどろぼう》や密輸入の手足にしちまうから気を付けろ。一度ソンナ奴に狙われたら生きて日本に帰《けえ》れねえからそう思えって、サンザ威嚇《おど》かされておりましたからね。何の事あねえ、不動様の金縛りを喰った山狼《やまいぬ》みてえな恰好で、みんな指を銜《くわ》えて、唾液《つばき》を呑み呑みソンナ女たちをながめているばかりでした。

可哀そうに女の出来ねえ職人たら歌を忘れたカナリアみてえなもんで……ヘエ。あっしゃ今でも気が若い方なんで、そのころはまだ三十になるやならずの元気一杯の奴が、青い瞳《め》をしたセルロイドじゃあるめえし、言葉も通じなきゃあ西も東もわからねえ人間の山奥みてえな亜米利加三界へ連れて来られて、毎日毎日そんな別嬪たちの色目づかいを見せつけられながら涙声を張り上げて、

「わんかぷ、てんせんす、かみん、かみん」

をやらされているんですから、たまりませんや。ノスタレ爺もオームのオシッコも眼が釣り上がっちゃって、今にもポンポンパリパリと破裂しちまいそうな南京花火《ナンキン》みてえな気持ちになっちまいましてね。哀れとも愚かとも何とも早や、申し上げようのない

「ふおるもさ、ううろんち」が一対、出来上がったもんでゲス。

ところがここに一つうまい事が持ち上がりました。その女たちの中でも一等捌《さば》けるピン嬢《ちゃん》とチョキ嬢という二人がノスタレだかオシッコだかわかりませんが病気になっちゃったんで、とりあえずその埋め合わせに聖路易の支那料理屋にいたというチイチイってえのとフイフイっていう二人の別嬪が手助けに来たんでげす。何しろ一人で卓子《テーブル》を六つずつも持っているんで、一人欠けても方返《ほうがえ》しが付かないですからね。占めた、こいつは有難いことになったもんだと、私《あっし》は内心でゾクゾク喜んじゃいました。ねえ、そうでしょう。今までいた女には指一本さしても不可《いけ》なかったかも知れねえが、今度来た女なら差支《さしつけ》えなかろう。しかも向こうが二人前ならこっちも二人前と言いてえが、片っ方が

禿頭の赤ッ鼻のノスタレじゃ問題にならねえ。若さといい、男前といい、一番鬮《くじ》の本鬮はドッチミチこっちのもんだが、ハテ。ドッチから先に箸《はし》を取ろうかテンデ、知らん顔をして「わんかぷ、てんせんす」のおまじないを唱えながら二、三日ジット様子を見ているとドウです。このチイ嬢《ちゃん》とフイ嬢の二人が一緒に、あっしの方へ色目を使い始めたじゃ御座んせんか。

へへ……どうも恐れ入りやす。おっとっと……こぼれます、こぼれます。どうもコンナに御馳走になったり、勝手なお惚気《のろけ》を聞かしたりしちゃ申し訳御座んせんが、ここん処が一番恐ろしい話の本筋なんで致し方が御座んせん。どっちみち混線させないようにお話しとかないとあとで筋道がわからなくなりやすからね。へへ、恐れ入りやす。

二人のうちでもフイフイっていうのは、まだ十七か八の初々《ういうい》しい聡明《りこう》そうな瞳《め》をした、スンナリとした小娘でしたが、あっしに色目を使いはじめたのはドウヤラ此娘《こいつ》の方が先だったらしいんです。台湾館に来る匆々《そうそう》からどうやら物を言いたそうな眼付きをして、あっしの方を見ておったように思いますがね。そいつを一方のチイチイって娘が感付いて横槍を入れたものらしいんです。ヘエヘエ。その通りその通り。あっしの取り合いっこが始まった訳なんでヘヘヘヘ。ヘエヘエ。大した色男になっちゃったんで……油をかけちゃいけません。ああ暑い暑い……イエイエ。モウ頂けやせん。ロレツが廻らなくなっちゃ困るんで……アトにモノスゴイ話がつながってるんでゲスから……ヘエ。

……というのはこのチイチイって奴が大変なものなんでげす。あとから聞いた話では支那人と伊太利人の混血娘《あいのこ》だったそうですが、とても素晴らしい別嬪でげしたよソリャァ。おまけに、テエブルの六ツは愚か二十でも三十でも持って来て下さい。一人で捌《さば》いて見せるから、ナンテ大それた熱を吹きやがって来る早々から仲間に憎まれておりましたがね。生やさしい女じゃ御座んせんでしたよ。

そうですねえ。年はあれでも二十二、三ぐらいでしたろうか、スッカリ若造りにしておりましたので一寸《ちょっと》見はフィ嬢よりも可愛いくらいで、フィ嬢とお揃いの前髪を垂らして両方の耳っ朶《たぼ》に大きな真珠をブラ下げた娘《やつ》が、翡翠《ひすい》色の緞子《どんす》の服の間から、支那《チャンチャン》一流の焦げ付くような真紅の下着の裾をビラ付かせながら、ジロリと使う色眼の凄かったこと……さすがのあっしも一ぺんにダアとなっちゃったんで……さすがのだけ余計かも知れませんが、誰だってアイツにぶつかったらタッタ一目のアタリ一発でげしょう。ハタからフィ嬢がオロオロ気を揉《も》んでいるようでしたが、そうなるともう問題じゃ御座んせん。

その場でインキを二つ三つぶっ付け合うと……ヘエ……ウインクですか……どうも相すみません。亜米利加じゃインキの方が通りがいいんで……ツイうっかり、そのインキの方にきめちゃったんで……そいつに気が付くとフィ嬢が慌てて卓子《テーブル》の向こうからあっしに手を振って見せましたが、そうなったら夢中でゲスから気にも止めません。ただその時にフィ嬢を振り返って睨《にら》み付けたチイ嬢の眼付の怖ろしかった事ばっかりは今でも骨身にコタえて記憶《おぼ》えております。その睨みにぶつかったフイ嬢が、真青《まっさお》になってフラフラとブッ倒れそうになったんですからね。あっしもズット後になって、そのチイ嬢の睨みの恐ろしい意味がわかってスッカリ震え上がっちゃったもんですがね。

　その晩のことです。あっしは台湾館の地下室で一緒に寝ているノスタレ爺に感づかれないようにソーッと起き出して、首尾よく台湾館を抜け出しちゃいました。それから約束通り噴水の横でチイ嬢に会って、演芸館の裏で夜間出勤のサンドイッチマンを二人買収して、チイ嬢と二人で薄い布張りの四角い箱の中に入って、入口の看守にテケツだけ見せて会場を抜け出しました。アトから考えるとあっしゃこの時にいい二本棒に見立てられていたんですなあ。節劇の文句じゃ御座んせんが「殺されるとは露知らず」でゲス。屠所《としょ》の羊どころじゃねえ。大喜びで腸詰《ソーセージ》になりに行ったんですからね。

　博覧会の会場を出るともう、カイモク西だか東だかわからねえ聖路易の町つづきでさあ。イルミネーションの海の底を続きつながって流れて行く馬車と電車の洪水《こうずい》でサ。そのころはまだ亜米利加にも円タクなんてものがなかったんですからね。

　あっしの先に立ったチイ嬢は、一町ばかり行った処の薄暗い町角に在るポストの下で立ち停まりましたから、あっしもその横で立ち停まって巻煙草に火を点けました。すると間もなく白い馬を二頭付けた立派な馬車が来て、ポストの前に止まりましたが、それを見るとチイ嬢はイキナリ広告《サンドイッチ》の服を脱いで地面に放り出して、その馬車に飛び乗って手招きするんです。ですからあっしも慌《あわ》てて女の真似をして馬車に飛び乗るトタンに、前後左右のスクリンを卸《おろ》したチイ嬢があっしの首ッ玉にカジリ付いて、チュウッ……へへ……どうも相すみません。ここがヤッパリその本筋なんで……このチュッてえ奴が腸詰《ソーセージ》の材料《タネ》に合格の紫《アニリン》スタンプみたいなチューだったんで……実際眼が眩《くら》んじまいましたよマッタク。いい芳香が臓腑《はらわた》のドン底まで沁み渡りましたよ。そうなると香水だか肌の香だか解りゃあしません。おまけにハッキリした日本語で、

「まあ……よく来て来れたね、アンタ」

と来たもんです。

トタンに前後の考えなんか、笠の台と一緒に何処かへふッ飛んじゃいましたね。キチガイが焼酎《しょうちゅう》を飲んで火事見舞に来たようなアンバイなんで……暫《しばら》くして女がスクリンを上げてから気が付いてみると、その馬車の走り方のスゴイのにチョッと驚きましたよ。ほかの馬車をグングン抜いて行くので、金ピカ服の交通巡査が何度も何度も向こうから近付いて来て手を揚げて制止《とめ》にかかったようでしたが、私《あっし》らの馬車に乗っている黒い頬髯を生した絹帽《シルクハット》の馭者がチョット鞭を揚げて合図みたいな真似をすると、どの巡査もどの巡査も直ぐにクルリと向こうを向いて行っちまったんです。

それが右へ曲がっても左に曲がっても、何処まで行っても何処まで行ってもそうなんですから、あっしはだんだん不思議になって来ましたが、アトから聞いてみると無理もない話です。その馭者というのが旦那様……聖路易切ってのギャングの大親分で、カント・デックてえ凄い奴だったそうです。聖路易の町中の巡査は、ミンナこのデックの乾《こ》

分《ぶん》みてえなものだったってえんですから豪勢なもんで……しかも一緒に乗っている支那娘のチイ嬢と、もう一人のフイ嬢とは揃いも揃って、このカント・デックの妾《めかけ》だって事がそんな時のあっしにわかったら、そのまんま目を眩《まわ》しちゃったかも知れませんね。地球が丸いどころの騒ぎじゃ御座んせんからね。

それでなくとも何だか少々、薄ッ気味が悪くなりかけている処へ馬車が止まって、一軒の立派な明るい店の前に着きました。チイ嬢はそこであっしのキタネエ首根ッ子に今一つキッスをしますと、あっしの手を引きながらその店の中に入って行きましたが、それは大きなレコード屋だったんですね。スバラシイ花輪や流行児《はやりっこ》の歌い手らしい男や女の写真が、四方の壁一パイに並んでいる店の広間へ、縦横十文字に並んだ長椅子に凭《よ》りかかった毛唐と女毛唐とが、フロック張りの番頭の手代の鳴らすレコードを知らん顔をして聞いていたようです。

その横ッチョの大煉瓦張りの通路《とおりみち》をやはり女に手を引かれながら通り抜けて、奥の行き当たりのドアを抜けるとヤット肩幅ぐらいの狭い廊下に出ました。その廊下は向こう下りになっていて、黒いマットが一面に敷いて在るために足音も何もしないまま地下室へ降りて行くようになっていたらしいんですが、そのうちに右に曲がったり左に折れたりして扉《ドア》を三つか四つぐらい潜《つ》って、もうだいぶ下へ降りたナ……と思ったトタンに廊下の天井に点いていた電燈が突然《だしぬけ》に消えちゃって真暗闇になっちまいました。それがチイ嬢の顔の見納めだったんで……今度目、見た時は夕刊の新聞で手錠をかけられた笑い顔で、その次に見たのはデックと並んで死刑の宣告を受けている写真ニュースの横顔でしたがね。

もちろんソン時のあっしにゃそんな事がわかりっこありやせん。神様だって知らなかったんですから……それと一緒に女も手を放しちゃったんですから、あっしはタッタ一人真暗闇の中に取り残されちゃったんで……往生しましたよ、まったく……。

それでもまだ自惚れが残っていたんですから感心なもんでげしょう。さては女がイタズラをしやがったんだナ……ヨオシ……その気ならこっちでも探り出して見せるぞ……てんで鬼ゴッコみたいに手探りで向こうの方へ行きますと、いつの間にか廊下の行き当たりの扉を通り抜けて一つの立派な部屋に出ていたんですね。不意討ちにパッとアカリが点いたのを見ると太陽が二十も三十も一時に出て来たようで今度こそホントウに腰を抜かす処でしたよ。何しろそこいら中反射鏡ダラケの部屋に、天井一パイの花電燈が点いたんですからね。

世の中には立派な部屋が在れば在るもんだと思いましたねえ。この節なら銀座へ行きゃあアレぐらいの部屋がザラにあるんだから格別驚かなかったかも知れませんがね。何の事はない、竜宮みてえな金ピカずくめの戸棚や、椅子テーブル、花束や花輪で埋まった部屋なんで、ムシムシする香水の匂いで息が詰りそうな中にタッタ一人突っ立っている見窄《みすぼ》らしいあっしの姿が、向こうの壁一パイに嵌《は》め込んである大鏡に映ったのを見た時にゃ、思わずポケットへ手を当てましたよ。コンナ立派な部屋でチイ嬢を抱いて寝た日にゃイクラ取られるかわからないと思いましてね。そこまで来てもまだ瘡毒気《かさけ》が残っていたんですから大したもんでゲス。

「アハハハ。お金のこと心配してはイケマセン……ミスタ・ハルキチ……アハハハハ……」

だしぬけに大きな笑い声がしたのでビックリして振り向きますと、あっしの背後の大きな蘭《らん》の葉蔭から四十年輩の夜会服の紳士が、歩み出して来ました。その柔和な笑顔を見ると、たしかに何処かで会ったことの在《あ》る顔だとは思いましたが、どうしても思い出せません。真逆《まさか》にツイ今サッキ乗って来た馬車の馭者が黒い頬髯を取ったものだとは気付きませんでしたので、多分台湾館にいる時にチップを余計にくれたお客の一人じゃないかと思いながらホッとタメ息しておりますと、その紳士は右手を差し出して、あっしと心安そうに握手しながら一層、眼を細くして申しました。しかも、それが片言まじりの日本語なんです。

「……アナタ……この家がドンナ家ですか、よく御存知でしょう。それですからメンド臭いお話やめましょうね。用事だけお話しましょうね。コチラへお出で下さい」

と私を手招きしながら部屋の隅の巨大な銀色の花瓶の処へ来ました。それは人間ぐらいの大きさの花瓶に蝦夷《えぞ》菊の花を山盛りに挿したもので、四、五人がかりでもドウかと思われるのをその紳士は何の造作もなく一人で抱え除けますと、その花瓶の向こうの寄木細工の板壁の隅に小さな虫喰いみたいな穴が二つ三つ出来ております。その穴の一つに紳士が、時計の鎖に付いている鍵を突っ込みますと、パタリと音がして二尺に二尺五寸ぐらいの壁板が開《あ》いて、奥の浅い十段ばかりに仕切った棚があらわれました。それが、その毛唐の紳士が片言まじりの日本語と手真似で話すのを聞いてみるとこうなんです。

――この秘密の棚を錠前を使わないで開けられるようにして貰いたい。材料と道具は入用なだけ直ぐに取り寄せて遣る。お前は台湾館の横で売っている不思議な箱根細工のマジック箱を作った大工さんだろう。だからアノ箱根細工の通りにここの秘密のカラクリを取り付けて貰いたいのだ。そうしてその開き方を自分にだけ教えて、直ぐに日本へ帰って貰いたいのだ。お金はイクラでも遣る――

と言うのです。毛唐人《けとう》の大工なんてものは無器用でゲスからあの箱根細工のような細かい仕事が、お手本を見せられても真似られないらしいですね。

しかしあっしはこの時に虫が知らしたんでげしょう、何となく……こりゃあイヤナ処へ来たナ……と思いましたよ。ちいっと虫の知らせ方が遅う御座んしたがね。とにかく……

「これは何に使う棚だい。その目的がわからなくちゃ作る事は出来ねえ」

て言って遣りますとね。その毛唐がホンノちょっとの間でしたっけが、青い眼を剝《む》き出して恐ろしい顔になりましたよ。けれども直ぐにまたモトの通りの柔和な顔に返って、前の通りの愛嬌のいい片言まじりの日本語で手真似を始めました。

「これは宝石の袋を仕舞っとく棚だ。私は昔からの宝石道楽で世界中の宝石を集めるのが楽しみなんだから、万一泥棒が入っても心配のないようにコンナ仕事を頼むんだ。千弗《ドル》でも一万弗でも欲しいだけお金を上げる。あの娘も付けて遣っていいから是非どうか一つ請け合って下さい」

てんで見かけに似合わずペコペコ頭を下げて頼むんです。

「私は亜米利加中に別荘を持っているのだから、万一ここで貴方の仕事が気に入ったら、まだ方々でお頼みしたいのだ。貴方に一生涯喰えるだけの賃金を上げる事が出来るのだ」

と顔を真赤にして揉《も》み手をしいしいペコペコお辞儀をするんです。カント・デックは前からチャント研究して、あっしを口説き落とす手を考えていたらしいんですね。仕事の出来る日本人なら金をくれて頭を下げさえすりゃあコロリと手に乗って来るものと思っていたらしいんですが、コイツが生憎なことに見当違いだったのです。イクラ「わんかぷ、てんせんす」だって時と場合によりけりです。支那人《チャンチャン》と違って日本人には虫のいどころって奴がありますからね。

あっしはデックの話を聞いているうちにピインと来ちゃいました。さてかのチイ嬢の色目は喰わせものだったのか。この毛唐人が俺をここまで引っぱり込むために囮《おとり》に使ってやがったのか。この野郎、俺をいい二本棒に見立てやがったんだな。俺を女で釣って泥棒仕事のカラクリ細工に使おうとしやがったんだナ。して見るとコイツア飛んでもない処へマグレ込んで来ちゃったぞ。しかもここまで深入りしたからにゃトテも生きて日本にゃ帰《けえ》れめえ……と気が付くと腰を抜かすドコロかあべこべに気持ちがシャンとなっちまいました。

……妙な性分であっしは気が長い時にゃヤタラに長いんですが、何かの拍子にカーッとしちまうと、それから先が盲滅法に手っ取り早いんで……箆棒《べらぼう》めえ日本人じゃねえか。金やピストルに眼が眩《くら》んで毛唐の追い剝ぎや泥棒の手伝いが出来るかってんだ。「ふおるもさ、ううろんち」を知らねえかってんで、イキナリその毛唐に組み付いて大腰をかけようとしたもんです。これでも柔道二段の腕前ですからね。

ヘエ。そりゃあ見上げたもんでしたよ。そこん処だけがね。アトがカラッキシ意気地がねえんで……。

今から考えてみるとあの時によく殺されなかったもんで……多分、出来ることならあっしを威《おど》かし上げて柔順《おとな》しくしてあの棚の扉の細工をさせようってえ腹だったのでしょう。……コイツは日本一の細工人に違いない。コイツを取り逃がしたら二度と再びコンナ細工は出来っこねえ……ぐれえに考えていたのかも知れませんが、アブネエもんでガス。今から考えるとゾッとしますよ。

組み付いたと思った時にゃカント・デックに両腕をシッカリと摑まれておりました。しかもその指の力の強さったらありません。あっしの腕の骨が粉々になって行くような気持ちで、身体中が痺《しび》れ上がっちゃいました。トテモ敵《かな》わないと思わせられましたね。手錠を引き千切って逃げたっていう亜米利加でも指折りのカント・デックですから、柔道二段ぐれえじゃ歯が立ちませんや。

デック野郎はあっしの腕を摑んだまま顔の筋一つ動かさねえで、ニコニコしながら吐かしました。

「アナタ。憤《おこ》るといけません。あたしカント・デックです。ゆっくりして下さい。面白いものを見せますから……」

と言ううちにあっしを廻転椅子みたいにクルリと向こうむきにして軽々と抱《かか》え上げて、横のドアから出て行きました。

「いけねえ、いけねえ。俺は明日っからまた、台湾館の前に突っ立って怒鳴《どな》らなくちゃならねえ約束がして在るんだ。放してくれ、放してくれ」

と大暴れに暴れたもんですが、何の足しにもなりません。そのまんまその次の部屋だったか、その次の部屋だったか忘れましたが、小さな粗末な部屋へ抱え込まれますと、そこのコンクリートの荒壁に取り付けられている一枚硝子《ガラス》の小窓から向こうの部屋を覗《のぞ》かせられました。ちょうど赤ちゃんがオシッコをさせられるようなアンバイ式にね……。

あっしは暴れるのをやめてボンヤリと見惚れてしまいましたよ。向こうの部屋の状態《ようす》がアンマリ非道《ひど》いんで、呆れ返ってしまったんです。

ヘエ。それがドウモここではお話出来難いんで……お二方お揃いの前ではねえ。へへへへへ……。

何の事あねえ。水溜りに湧いたお玉杓子でゲス。それがみんな丸裸体《まるはだか》の人間ばっかりなんですから開いた口が閉がりませんや。相当に広い部屋でしたがね。大きな椰子《やし》や、橄欖《かんらん》やゴムの樹の植木鉢の間に、長椅子だのマットだの、クッションだの毛皮だのが大浪のように重なり合っている間を、甘ったるい恰好の裸虫連中が上になり下になりウジャウジャとのたくりまわっているんですから、トテモ人間たあ思えませんよ。金魚鉢に鰌《どじよう》をブチ撒《ま》けたぐらいの騒ぎじゃ御座んせん。

不思議なものでね。そんなのを見せ付けられていながらエロ気分なんてコレンバカリも起こりませんでしたよ。今考えてもあの時の気持ちばっかりはわかりませんがね。多分、冥途《めいど》の土産……てえな気持ちで見ていたんでしょう。何がなしに見っともなくて、馬鹿馬鹿しくて、胸が悪くなるようで、横っ腹の処がゾクゾクして無性に腹が立って来ましたが、そのあっしの耳へカント・デックの野郎が口を寄せてぬかしやがったもんです。

「あそこへ行きたいなら仕事をなさい」

あっしはまた、あらん限りの死物狂いにアバレ始めました。部屋の中がムンムンと暑いので、汗みどろになってしまいましたが、何しろ太刀山みたいな強力に押えられているんでゲスから、子供に捕まったバッタみてえなもんで……ウッカリすると手足が捥《も》げそうになるんです。

「そんなら今一つ面白いものを見せましょう」

と言うと、今度はその小窓と反対側の低い扉《ドア》を開けてそこに掛かっている鉄の梯子《はしご》伝いに奇妙な眩《まぶ》しい広い部屋へ降りて来ました。日本へ帰って来てから早稲田大学へ仕事をしに行った時にヤットわかりましたが、あれが水銀燈というものだったのですね。部屋のズット向こうの隅のアーク燈みてえな眩しい、妙な色の電燈が一つ点いているキリなんですが、その光で見るとカント・デックの顔色から自分の手の甲の色までも、まるきり死人のような鉛色に見えるんです。それでなくともあっしはサッキから死物狂いに暴れたアトで精も気魂も尽き果てておりましたので、カント・デックの片手に吊り下げられたまま死人のように手足をブラ下げながらそこいらを見まわしますと、それは何処かの工場の地下室としか思えません。コンクリートの天井と床の間が頭の閊《つか》えるぐらい低い、ダダッ広い部屋になっているんで、ジメジメと濡れたタタキの上には机も椅子も塵《ちり》っ端一本散らかっておりません。ただ向こうの隅の水銀燈の下に、大きな大理石の臼みたようなものがあって、その中で天井から突き出たモートル仕掛けの鉄の棒がガリガリガリガリと廻転しているだけなんです。つまり特別誂《あつら》えの大きな肉挽機械ですね。博覧会の中で見たことのあるソーセージ製造機械なんです。

しかしスッカリくたびれ切って、物を考える力も何もなくなっていたあっしには、ソレが何の意味なんだかサッパリわかりませんでした。……ハテナ……蓄音機屋の地下室が腸詰工場になっているのか知らん。コンクリートの床の上をズルズルと引き摺られながら、その臼の処へ連れて行かれましたが、別に怖《こわ》くも何ともありませんでした。

けどもカント・デックに首ッ玉を押えられてその臼の中を覗かせられた時には、思わずゾッとして手足を縮めちゃいましたよ。その臼は、もちろん底抜けなんで、その底の抜けた穴の上にステキに大きな肉挽機械のギザギザの渦巻きが、狼の歯みたいに銀色に光りながらグラグラと廻転しているのですから、落っこったら最後何もかもおしまいでさあ。頭から尻までゴチャゴチャになってしまうんですから、ドンナに有難いお経を聞かされたって成仏出来っこありません。

「あなた。この中に入ること好きですか……仕事しますかしませんか」

さすがのあっしも……さすがでなくなってヘタバッちまいますよ。イクラ元気を出そう……好きじゃありません……と言おうと思っても身体中がコンクリートみたいになってガタガタ震え出すんですから仕様がありません。お笑いになりますけども、その場へ行って御覧なさい。ナカナカそう平気でいられるもんじゃ御座んせん。自分が何を考えていたか、今でも記憶《おぼ》えていないくらいなんで、多分気絶する一歩手前だったのでしょう。タッタ一つ眼に残っているのはかの鉛色の水銀燈のイヤアな光だけなんで……まったくあの陰気臭い生冷てえ光ばっかりは、骨身に沁《し》みて怖ろしゅうがしたよ。ネオン・サインが極楽の光なら、水銀燈は地獄のアカリなんでしょう。生きた人間でも死人に見えるんですからね。今思い出してもゾオッとしちまいますよ。

そこへカント・デックが何か合図をしたのでしょう。ズット背後《うしろ》の方の薄暗い処の扉が開いて青い菜ッ葉服を着た顔中髯だらけの大男が一人トロッコをノロノロと押しながら出て来たんです。その時まで気が付かなかったんですが、その入口から肉挽機械の前まで幅の狭い軌道《レール》が敷いて在ったんで……その菜ッ葉服の男が押しているトロッコが、あっしらの眼の前まで来て停まりますと、そのトロッコの上に乗っているものの上に被《かぶ》せた白い布片《きれ》をカント・デックが取り除けました。そうして思わず「ワッ」と言って逃げ出そうとするあっしをガッシリと抱きすくめてしまいました。

それは若い女の丸裸体《まるはだか》の死体だったのです。しかもその小さな下唇を前歯で噛み破ったらしく、鼻の下から乳の間へかけてベットリとコビリ付いている血が、水銀燈に照らされて妙に黝《くろ》ずんだ腮鬚《あごひげ》みたいに見えるのです。おまけにその右の手の中に何かしら大切なものを握り込んでいるらしく、シッカリと握り固めている上から左手を蔽《おお》いかぶせてピッタリと胸の上に押え付けている姿が、たまらなくイジラシイものに見えましたが、その黒い髪毛《かみ》の前の方を切り下げている恰好がドウ見ても西洋人とは思えません。支那人か日本人に相違ないんで……。

そう思っているうちに菜ッ葉服の大男が、カント・デックに腮《あご》でシャクられると直ぐに一つうなずいて菜ッ葉服の袖口をマクリ上げて、あっしの太股くれえある毛ムクジャラの腕を二本、突き出しました。その熊みたいな手で何の造作もなく女の手を解かせて、シッカリ握っている右手を開かせますと、中から見覚えのある台湾館備え付けの桃色の支那便箋を幾つにも折ったものが出て来ました。そのレターペーパの折り目を拡げたやつを受け取ったカント・デックは、あっしの鼻の先にブラ下げて見せながら、今一度ニコニコと笑いました。赤チャンをあやすような顔で、あっしの顔を覗き込みましたがね。

それは筆と墨で書いた立派な日本文でした。多分、台湾館の事務室に在った藤村さんの硯箱《すずりばこ》を使ったものでしょう。昔の百人一首に書いてあるような立派な文字でしたがね。

チイちゃんと一緒に出かけてはいけません。チイちゃんは支那人です。亜米利加のギャングの手先です。わたくしはチイちゃんと一緒にギャングのメカケになった、かわいそうな日本の女です。あたしの事を日本の両親につたえて下さい。

天草早浦生まれ

中田フジ子より

ハル吉親方様

その死骸がフィ嬢の死骸だとわかると、あっしは何かしら叫びながら飛び付こうとしたように思います。今までにない力が出たので、あぶなくデックを振り離す処でしたが、そのあっしの左の手首をガッシリと摑み止めたデックは面と向かって立ちながら今一度ニヤニヤと笑って見せました。

「わかりましたか。仕事しますか」

「何をッ」

とか何とか怒鳴ったように思います。だしぬけに思いがけない力が出たもんで、鉄の嚙締器《バイト》みてえなデックの手を振り放して、火の玉のようになって相手に飛びかかろうとしましたが間に合いませんでした。背後《うしろ》から菜ッ葉服の男に息の詰まるほどガッチリと抱きすくめられちゃったんです。そうして犬ころでも棄てるように軽々とデックの夜会服の腕の中へ投げ渡されちゃったんです。

あっしを受け取ったデックは、喰い付いたり引っ掻いたりするあっしの手と足を背後から束にしてギューと摑み締めてしまいました。それから何か英語で二言三言言ったと思うと、毛ムクジャラの菜ッ葉服が、トロッコの上の女の身体を抱き上げて、何の造作もなく傍の肉挽機械の中へ投げ込みました。

……ヘエ。その時に肉挽の機械の中から聞こえて来た恐ろしい声を、あっしは一生涯忘れないでしょう。フィ嬢はまだ生きてたんです。多分、日本人のあっしを救けるためにギャング仲間を裏切った角《かど》で、デックの配下《てした》に拷問されて気絶していたものなんでしょう。

あっしもそのまんま気絶していたようです。

「じゃぱん、がばめん、ふおるもさ、ううろんち、わんかぷ、てんせんす。かみんかみん」

て呼び声が何処からか聞こえるように思ってフイッと眼を開いてみるてえと、コンクリート作りの馬小舎みてえに狭い藁束だらけの床の上へ投げ出されているのに気が付きました。

片隅の扉《ドア》の前に置いて在る汚いバケツの中を這《は》い寄って覗いてみますと、ジャガ芋と肉のゴッタ煮の上にパンの塊まりと水と、牛乳の瓶が投げ込んで在ります。……つまり何ですね。まだあっしを殺す気じゃなかったのでしょう。あわよくば仲間に引っぱり込んで仕事をさせる気でいたのでしょう。

しかしあっしは助かったのが嬉しくも悲しくも何ともありませんでした。今から考えてみるとあの時はヨッポド頭が変テコになっていたんですね。やっぱり地球癲癇の続きだったかも知れませんでしたがね。自分が何処にいるやら、どうなっているやらわからないまま、眼が醒めない前から続けていたらしい譫言《うわごと》を、そのまんま言いつづけておりました。

「じゃぱん、がばめん、ふおるもさ、ううろんち、わんかぷ、てんせんす。かみんかみん」

と繰り返し繰り返し大きな声で言ったようですが、口癖ってものは恐ろしいものですね。

ところがこの御祈禱の文句のお蔭で、無事にこうやって日本に帰ることが出来たんですから、人間の運てえものはドコまでも不思議なもので……ヘエ……。

博覧会の方では大騒ぎだったそうです。あっしと二人の女がダシヌケに行方不明になったてえんで警察に頼んだり何かして騒いだそうですが、わかる気づかいはありませんや。気の毒なのは藤村さんで、あっしの代わりに礼服《フロック》を着て台湾館の前に立たされて、代わりが出来るまでノスタレ爺と一緒に「わんかぷ、てんせんす」をやらされたもんだそうで、二、三日やってるうちにお尻のポケットへジャラジャラ銀貨が溜まったのはいいが、声がスッカリ嗄《か》れちゃって電話にかかれなくなっちゃったそうで……無理もありませんや。木遣りなんか唄ったこたあねえんですからね。おまけに怒鳴《どな》りながらも、ずいぶん気を揉《も》んだそうですからね。……多分あっしが二人の女を誘拐《かどわか》したんだろうテンデ、あべこべに世話あした支那料理店《しなりょうりや》から台湾館が損害を取られそうになっちゃったそうで……大工の治公《はるこう》って奴はソンナ大それた人間じゃねえテンデ、藤村さんが一所懸命、頑張ってくれたそうですがね。

そのうちに聖路易の何とか言いましたっけが、目貫の通りに在るホテルの七階の屋上に夜遅くなってから幽霊が出る。そいつがドウヤラ新聞に出た台湾館の行方不明の客呼び男らしいって言う噂《うわさ》がホテルのお客さんたちの間に立ち始めました。馬鹿馬鹿しい怪《おばけ》談《ばなし》ですがね……治公がまだチャント生きているのに幽霊が出るはずはないんですが、毛唐って奴は元来ゾッコン怪談が好きなんだそうで……つまらねえものを怪談《おばけ》にしちまう癖があるんだそうですが、そんな噂が何処ともなく散り拡がって行くうちに、運よくギャング連中の耳に入らないまえに、藤村さんの耳に入ったもんです。

「貴女《あなた》……お聞きになりましたか、あのホテルのお化けの話を……」

「イイエ。まだ聞きませんわ。聞かして頂戴」

「一週間ばかり前からの事です。真夜中の二時ごろ……電車の絶《と》まるころになると、あのホテルの屋上庭園のマン中に在る旗竿《はたざお》の処へフロックコートを着た日本人の幽霊が出るんです。ホラ直ぐそこに若いスマートな男と、赤っ鼻の禿頭《はげ》が立っているでしょう。あの通りの姿で幽霊が出て来て、あの通りの事を言うのだそうです」

「アラ怖い……ホント……」

「ホントですとも……それがあの新聞に出た行方不明の……ホラ……ずっと前に来た時にあすこに立っていたでしょう。ミスタ・ハルコーって言うあの男の姿にソックリなんだそうです」

「まあ……ホテルじゃ困っているでしょうねえ」

「ところが反対《あべこべ》ですよ。お蔭で屋上庭園に行く者は一人もいなくなった代わりに、その声を聞きに行く者であのホテルは一パイなんだそうです。警察ではまだ知らないそうですが、あの日本人の行方不明事件はあのホテルと台湾館とが組んで遣っている日本人一流の宣伝方法に違いないってミンナ言っておりますがね」

「シッ、聞こえるわよ。日本人に……」

「ナアニ。彼奴《あいつ》らは英語がわかりゃしません。暗記した事だけを繰り返している忠実な奴隷なんですから……」

こんな話を入口の近くの卓《テーブル》でやっているのを小耳に挿んだ藤村さんが、指を折って数えてみると、ちょうどあっしが行方不明になってから八日目だったそうです。

藤村さんは西洋通ですから直ぐにピインと来たんでしょう。直ぐにその晩ホテルへ泊

まって、夜中の二時ごろコッソリと屋上庭園へ来てみると、世にも哀れっぽい微かな微かなあっしの声で、

「じゃぱアーん。がばアーンめんとオー。ふおるもっさあアー。うう――ろん――ちいイイイ。わんかぷう――ウ、てんせえんすう――ッ――」

　てやっているんだそうです。そこで藤村さんは胸をドキドキさせながら抜き足、さし足その声の聞こえる方に近付いてみると、その声の主は屋上庭園の何処にもいない。その向かい側のメイ・フラワ・ビルディングの七階の片隅に在る真暗な小窓の中から聞こえて来る事が、夜が更けて来るにつれてハッキリとわかって来た……と言うんです。

　しかし亜米利加通の藤村さんは決して慌てませんでした。何喰わぬ顔をして翌る朝、台湾館へ帰って来ると直ぐに華盛頓《ワシントン》の大使に頼んで、紐育《ニューヨーク》のプレーグって言う腕っこきの警察官に頼んだものだそうです。

　ちょうどそのプレーグって言う警察官は、一所懸命になってギャングの巣を探していた処だったそうで、早速紐育の警視庁へヅキをまわして取っときの刑事や巡査を借りて聖路易へ乗り込んで、土地の警察へも知らさないようにメイ・フラワ・ビルの様子を探ると、出入りする奴はみんな変装した前科者ばかりなんで、イヨイヨそれと目星を付けて水も洩らさねえように手配りをきめた二十人ばかりのプレーグの配下が、アッと言う間もないうちにメイ・フラワ・ビルの地下室から七階まで総マクリにしてしまいました。双方とも怪我人や死人が出来たりして一時は戦争みたいな騒ぎだったそうですが、あっ

しはチットも知りませんでした。そこから抱え出されて聖路易の市立病院の病床《ベッド》に寝かされても相も変らず「わんかぷ、てんせんす」をやっていたそうです。

……ところで、まだ話があるんです。これからがホントに凄えんですね。

あっしがあらん限りの注射と滋養物のお蔭でやっとモトの頭になって退院させられた時は、もうユーカリの葉が散っちゃった秋の末で、博覧会なんかトックの昔におしまいになっておりました。退院すると直ぐに警察に呼び出されて、ほんの型ばかりの訊問を通訳付きで受けますと、領事さんから旅費を貰って、桑港《シスコ》から日本へ帰りましたが、その途中のことです。たしか出帆してから十日目ぐらいのお天気のいい朝でしたがね。あんまり航海《ナベゲタ》が退屈なもんですから、眼が醒めても起き上がる気がしません。そのまま特別三等《とくさん》の寝床の中で足をツン伸ばしてアーッと一つ大きな欠伸《あくび》をしたもんですが、そのトタンに桑港で知り合いの領事館の人からお土産に貰った小さな紙包みのことを思い出しました。ハテ何だったろうと思いながら、寝床の下のバスケットの中からその紙包みを取り出して開けてみると、どうでげす。それが平べったいソーセージの罐《かん》なんで……。

コイツは占めたと思って飛び起きると、食堂から五十二仙《セント》の日本ビールを一本買って来て、ベッドの上にアグラを掻きながら、罐の蓋を開けて、美味《うま》そうな腸詰の横ッ腹をジャックナイフで薄く切り始めたもんですが、そのうちに何やらナイフの刃に搦《から》まるものがあります。……ハテ……おかしいなと思いながら、そのナイフの刃を暗い窓のあかりに透かしてみるとソイツが黒い女の髪の毛なんで……あっしはドキンとしましたよ。それでもマサカと思いながら今のソーセージの切口をよく見ると、薄桃色の肉の間に何だか白い三角型のものが挟まっているようです。ハテナと思い思いホジクリ出してみるとそいつがどうです。三分角ぐらいの薄桃色の紙片の端なんで……永いこと赤い肉の間に挟まってフヤケちゃっているんですから色合いなんかアテニなりませんし、紙の質だって支那出来のレターペーパだか何だかわかったもんじゃ御座んせんが、それでもその紙が、その黒い髪の毛と一つ処に入っていたことだけは間違いねえんで……。

それでもマサカ……とは思いましたがドウモ変な心持ちになりましたよ。あっしに惚れていたフイ嬢が、あっしの身代わりにソーセージになって、ここまで跟《つ》いて来たんじゃねえか……ナンテ考えておりますと、最早、ビールの肴《さかな》どころじゃ御座んせん。こっちの頭がソーセージみたいにゴチャゴチャになっちまいました。世界の丸っこい道理がズンズンとわかって来るように思いましてね……まったく……ヘエ……。……ヘエ。どうも奥様……いろいろと御馳走様で……これで御免を蒙りやす。

木《す》魂《だま》

……俺はどうしてコンナ処に立ち佇《ど》まっているのだろう……踏切線路の中央《まんなか》に突っ立って、自分の足下をボンヤリ見詰めているのだろう……汽車が来たら轢《ひ》き殺されるかも知れないのに……。

そう気がつくと同時に彼は、今にも汽車に轢かれそうな不吉な予感を、背中一面にゾクゾクと感じた。霜で真白になっている軌条の左右をキョロキョロと見まわした。それから度の強い近眼鏡の視線を今一度自分の足下に落とすと、霜混りの泥《どろ》と、枯葉にまみれた兵隊靴で、半分腐《くさ》りかかった踏切板をコツンコツンと蹴ってみた。それから汗じみた教員の制帽を冠り直して、古ぼけた詰襟《つめえり》の上衣の上から羊羹《ようかん》色の釣鐘マントを引っかけ直しながら、タッタ今通り抜けて来た枯木林の向こうに透いて見える自分の家の亜鉛《トタン》屋根を振り返った。

……一体俺は今の今まで何を考えていたのだろう……。

彼はこの頃、持病の不眠症が昂《こう》じた結果、頭が非常に悪くなっている事を自覚していた。ことに昨日は正午《ひる》過ぎから寒さがグングン締まって来て、トテモ眠れそうにないと思われたので、飲めもしない酒を買って来て、ホンの五勺ばかり冷やのまま飲んで眠ったせいか、今朝になってみると特別に頭がフラフラして、シクンシクンと痛むような重苦しさを脳髄の中心に感じているのであった。その頭を絞るように彼は、薄い眉をグットト引き寄せながら、爪先に粘《ねば》りついている赤い泥を凝視《みつ》めた。

……おかしいぞ。今朝は俺の頭がヨッポドどうかしているらしいぞ……。

……俺は今朝、あの枯木林の中の亜鉛葺《ぶき》の一軒屋の中で、いつもの通りに自炊《じすい》の後始末をして、野良犬が入らないようにチャント戸締りをして、ここまで出かけて来たことはきたに相違ないのだが、しかし、それから今までの間じゅう、俺は何を考えていたのだろう。……何かしらトテモ重大な問題を一所懸命に考え詰めながら、ここまで来たような気もするが……おかしいな。今となってみるとその重大な問題の内容を一つも思い出せなくなっている……。

……おかしい……おかしい……。何にしても今朝はアタマが変テコだ。こんな調子ではまた、午後の時間に居眠りをして、無邪気な生徒たちに笑われるかも知れないぞ……。

彼はそんな事を取越苦労しいしい上衣の内ポケットから大きな銀時計を出してみると、七時四十分キッカリになっていた。

彼はその8の処に固まり合っている二本の針と、チッチッチッチッチッと回転している秒針とを無意識にジーッと見比べていた……が——やがて如何《いか》にも淋しそうな……自分自身を嘲るような微苦笑を、度の強い近眼鏡の下に痙攣《けいれん》させた。

……ナーンだ。馬鹿馬鹿しい。何でもないじゃないか。

……俺は今学校に出かける途中なんだ。……今朝は学課が始まる前に、調べ残しの教案を見て置かなければならないと思って、午後の時間の眠いのを覚悟の前で、三十分ばかり早めに出て来たのだ。しかも学校まではまだ五基米《キロ》以上あるのだから、愚図愚図すると時間の余裕がなくなるかも知れない……だから俺はここに立ち佇まって考えていたのだ。国道へ出て本通りを行こうか。それとも近道の線路づたいにしようかと迷いながら突っ立っていたものではないか……。

……ナーンだ。何でもないじゃないか……。

……そうだ。とにかく鉄道線路を行こう。線路を行けば学校まで一直線で、せいぜい三基米ぐらいしかないのだから、こころもち急ぎさえすれば二十分ぐらいの節約は訳なく出来る……そうだ……鉄道線路を行こう……。

彼はそう思い思い今一度ニンマリと青黒い、髯《ひげ》だらけの微苦笑をした。三角形に膨《ふく》らんだボックスの古鞄を、左手にシッカリと抱き締めながら、白い踏切板の上から半身を傾けて、やはり霜を被《かぶ》っている線路の枕木の上へ、兵隊靴の片足を踏み出しかけた。

……が……また、ハッと気がついて踏み留まった。

彼はそのまま右手をソット額に当てた。その掌《てのひら》で近眼鏡の上を蔽《おお》うて、何事かを祈るように、頭をガックリとうなだれた。

彼は彼自身がタッタ今、鉄道踏切の中央に立ち佇まっていたホントの理由を、ヤット思い出したのであった。そうして彼を無意識のうちに踏切板の中央へ釘づけにしていた、ある「不吉な予感」を今一度ハッキリと感じたのであった。

彼は今朝目を醒まして、あたたかい夜具の中から、冷めたい空気の中へ頭を突き出すと同時に、二日酔らしいタマラナイ頭の痛みを感じながら起き上がったのであったが、また、それと同時に、その頭の片隅で……俺はきょうこそ間違いなく汽車に轢き殺されるのだぞ……と言ったようなハッキリした、気味の悪い予感を感じながら、冷たい筧《かけい》の水でシミジミと顔を洗ったのであった。それから大急ぎで湯を沸かして、昨夜《ゆうべ》の残りの冷飯を搔込んで、これも昨夜のままの泥靴をそのまま履《は》いて、アルミの弁当箱を詰めた黒い鞄を抱《かか》え直し抱え直し、落葉まじりの霜の廃道を、この踏切板の上まで辿《たど》って来たのであったが、そこで真白い霜に包まれた踏切板の上に、自分の重たい泥靴がペタリと落ちた音を耳にすると、その一刹那に今一度、そうした不吉な、ハッキリした予感と、その予感に脅《おび》やかされつつある彼の全生涯とを、非常な急速度で頭の中に回転させたのであった。そうしてそのまま踏切を横切って、大急ぎで国道を廻ろうか。それとも思い切って鉄道線路をつたって行こうかと思い迷いながらも、なおも石像のように考え込んでいる自分自身の姿を目の前に幻視しつつ、そうした気味の悪い予感に襲われるようになった、そのソモソモの不可思議な因縁を考え出そう考え出そうと努力しているのであった。

彼がこうした不可思議な心理現象に襲われ始めたのは昨日今日の事ではなかった。

昨年の正月から二月へかけて彼は、最愛の妻と一人子を追い継ぎに亡くしたのであったが、それからと言うものは彼はほとんど毎朝のように……きょうこそ……今日こそ間違いなく汽車に轢き殺される……と言ったような、奇妙にハッキリした予感を受け続けて来たものであった。しかし、それでもそのたんびに頭の単純な彼は、一種の宿命的な気持ちを含んだ真剣な不安に襲われながらも、踏切の線路を横切るたんびに、恐る恐る左右を見まわし見まわし国道づたいに往復したせいであったろう、夕方になると、そんな不安な感じをケロリと忘れて、何事もなく山の中の一軒屋に帰って来るのであった。そうしてなけなしの副食物《おかず》と鍋飯で、貧しい夕飯を済ますと、心の底からホッとした、一日の苦労を忘れた気持ちになって、彼が生涯の楽しみにしている「小学算術教科書」の編纂に取りかかるのであった。

しかし彼は、そうした不思議な心理現象に襲われる原因を、彼自身の神経衰弱のせいとは決して思っていなかった。むしろ彼が子供の時分から持っている一種特別の心理的な敏感さが、こうした神秘的な予感の感受性にまで変化して来たものと思い込んでいた。……という理由は、ほかでもなかった。

彼は、そうした意味で彼自身が、一種特別の奇妙な感受性の持ち主に相違ない……と信じ得る色々な不思議な体験を、十分……十二分に持っていたからであった。

彼は元来、年老いた両親の一人息子で、生まれつきの虚弱児童であったばかりでなく、一種の風変わりな、孤独を好む性質《たち》であったので、学校に行っても他の生徒と遊び戯れた事なぞはほとんどなかった。その代わりに学校の成績はいつも優等で、腕白連中に憎まれたり、いじめられたりする場合が多かったので、学校が済んで級長の仕事が片づくと、逃げるように家に帰って、門口から一歩も外に出ないような状態であった。

けれどもごく稀《まれ》にはタッタ一人で外に出ることもないではなかった。それはいつでもごく天気のいい日に限られていて、行く先も山の中にきまり切っていた……という理由は外《ほか》でもない。彼は生まれつき山の中が性に合っているらしいので、現在でもわざわざ学校からかけ離れた山の中の一軒屋に住んで、不自由な自炊生活をしているくらいであるが、こうした彼の孤独好きの性癖はすでに彼の少年時代から現われていたのであろう。青い空の下にクッキリと浮き上がった山々の木立ちを、お縁側からながめていると、子供心に呼びかけられるような気持ちになった。一方に彼の両親もまた、引っこみ勝ちな彼の健康のために良いとでも思ったのであろう。そんな時には喜んで外出を許してくれたので、彼は中学校の算術教程とか、四則三千題とか言ったようなものを一、二冊ふところに入れて、近所の悪たれどもの目を避けながら、程近い郊外を山の方へ出かけたものであった。

それは十や十一の子供としてはマセ過ぎた散歩であったが、それでも山好きの彼に取っては、この上もない楽しみに違いなかった。彼はそうした散歩のお陰で、そこいらの山の中の小径という小径を一本残らず記憶《おぼ》え込んでしまっていた。どこにはアケビの蔓《つる》があって、どこには山の芋が埋まっている。人間の顔によく似た大岩がどこの藪《やぶ》の中に在って、二股になった幹の間から桜の木を生やした大榎《えのき》はどこの池の縁に立っているという事まで一々知っていたのは、恐らく村中で彼一人であったろう。

ところで彼は、そんな山歩きの途中で、雑木林の中なんぞに、思いがけない空地を発見する事がよくあった。それは大抵、一反歩か二反歩ぐらいの広さの四角い草原で、多分屋敷か、畠の跡だろうと思われる平地であったが、立木や何かに蔽《おお》われているために幾度も幾度も近まわりをウロつきながら、永い事気づかずにいるような空地であった。そのまん中に立ちながら、そこいら中をキョロキョロ見まわしていると、山という山、丘という丘が、どこまでもシイーンと重なり合っていて、彼を取り囲む立木の一本一本が、彼をジイッと見守っているように思われて来る。足の下の枯葉がプチプチと微かな音を立てて、何となく薄気味が悪くなるくらいであった。

そんな処を見つけると彼は大喜びで、その空地の中央の枯草に寝ころんで、大きな数学の本を拡げて、六《むつ》カしい問題の解き方を考えるのであった。むろん鉛筆もノートもなしに空間で考えるので、解き方がわかると、あとは暗算で答を出すだけであったが、両親から呼ばれる気づかいはないし、隣近所の物音も聞こえないのだから、頭の中が硝子《ガラス》のように澄み切って来る。それにつれて家ではどうしても解けなかった問題が、スラスラと他愛もなく解けて行くので、彼はトテモ愉快な気持ちになって時間の経つのを忘れていることが多かった。

　ところが、そんな風に数学の問題に頭を突っ込んで一心になっている時に限って、思いもかけない背後《うしろ》の方から、ハッキリした声で……オイ……と呼びかける声が聞こえて、彼をビックリさせる事がよくあった。それは、むろん父親の声でもなければ、先生の声でも友達の声でもない。誰の声だかまったくわからなかったが、しかし非常にハッキリしていた事だけは事実であった。ダシヌケに大きな声で……ウオイ……と言う風に……。だから彼はビックリして跳ね起きながら振り返ってみると誰もいない。雑木林がカーッと西日に輝やいて、鳥の声一つ聞こえないのであった。

　それはじつに不思議な、神秘的な心理現象であった。最初のうち彼は、そんな声を聞くたんびに、髪の毛がザワザワとしたものであったが、しかし、それは一時的の神経作用と言ったようなものではなかったらしく、その後も同じような……または似たような体験を幾度となく繰り返したので、彼はスッカリ慣れっこになってしまったのであった。

　彼が、やはり数学の問題を考え考えしながら、山の中の細道をどこまでもどこまでも歩いて行くと、いつからともなく向こうの方から五、六人か七、八人くらいの人数がガヤガヤと話しながら、こっちの方へ来る声が聞こえ始める。むろんその道が一本道になっていることを、彼は知っているし、やって来る連中は大人に違いないのだから、その連中に出遭《であ》ったら、道傍の羊歯《しだ》の中へでも避けてやる気で、やはり数学の問題を考え考え一本道を近づいて行くと、不思議なことにどこまで行ってもその話声の主人公の大人たちに行き遭わない。何だか可笑《おか》しい、変だな……と思ううちに、その細い一本道はおしまいになって、広い広い田圃《たんぼ》を見晴らした国道の途中か何かにヒョッコリ出てしまうのであった。ちょうど向こうから来ていた大勢の人間が、途中で虚空に消え失せたような気持ちであった。

それは決して気のせいでもなければ神経作用とも思えなかった。たしかに、そんな声が聞こえるのであった。ちょうど一心に考え詰めているこちらの暗い気持ちと正反対の、明るいハッキリした声が聞こえて来るので、気にかけるともなく気にかけていると、そのうちに何かしらハッと気がつくと同時に、その声もプッツリ消え失せるような場合が非常に多いのであった。

しかし元来が風変わりな子供であった彼は、そんな不可思議現象を、ソックリそのまま不可思議現象として受け入れて、山に行くのを気味悪がったり、または両親や他人に話して聞かせるような事は一度もしなかった。そのうちに大きくなったら解る事と思って、自分一人の秘密にしたまま忘れるともなく次から次に忘れていた。そうして彼は、それから後、中学から高等学校を経て、大学から大学院まで行ったのであるが、そのうちに彼の両親は死んでしまった。それから妻のキセ子を貰ったり、太郎という長男が生まれたり、または学士から小学教員になりたいというので、色々と面倒な手続きをして、ヤットの思いで現在の小学校に奉職する事が出来たりしたものであったが、それまでの間というもの、学校の図書館や、人通りのない国道や、放課後の教室の中なぞでも、幾度となくソンナような知らない声から呼びかけられる経験を繰り返したのであった。

しかし彼は、そんな体験を他人に話したことは依然として一度もなかった。ただそのうちにだんだんと年を取って来るにつれて、時々そんな事実にぶつかるたんびに、いくらかずつ気味が悪くなって来たことは事実であった。……こんな体験を持っている人間は事に依ると俺ばかりじゃないかしらん。……他人がこんな不思議な体験をした話を、聞いたり読んだりした事が、今までに一度もないのは何故だろう。……俺は小さい時から一種の精神異常者に生まれついているのじゃないか知らん……などと内々で気をつけるようになったものである。

ところが、そのうちに、ちょうど十二、三年ばかり前の結婚当時の事、宿直の退屈凌《しの》ぎに、学校の図書室に入り込んで、室の隅に積み重ねて在る「心霊界」という薄ッペラな雑誌を手に取りながら読むともなく読んでいると、思いがけなくも自分の体験にピッタリし過ぎるくらいピッタリした学説を発見したので、彼はドキンとするほど驚かされたものであった。

それは旧露西亜《ロシア》のモスコー大学に属する心霊学界の非売雑誌に発表された新学説の抄訳紹介で「自分の魂に呼びかけられる実例」と題する論文であったが、それを読んでみると、正体のない声によびかけられた者は決して彼一人でないことがわかった。

「……何にも雑音の聞こえない密室の中とか、風のない、シンとした山の中なぞで、或る事を一心に考え詰めたり、何かに気を取られたりしている人間は、色々な不思議な声を聞くことがよくあるものである。現にウラルの或る地方では『木魂《すだま》に呼びかけられると三年経たぬうちに死ぬ』という伝説が固く信じられているくらいであるが、しかもその『スダマ』もしくは『主の無い声』の正体を、心霊学の研究にかけてみると何でもない。それは自分の霊魂が、自分に呼びかける声に外《ほか》ならないのである。

すなわち一切の人間の性格は、ちょうど代数の因子分解と同様な方式で説明出来るものである。換言すれば一個の人間の性格というものは、その先祖代々から伝わった色々な根性……もしくは魂の相乗積に外ならないので、たとえば（A^2-B^2）という性格は（A＋B）という父親の性格と（A－B）という母親の性格が遺伝したものの相乗積に外ならない……と考えられるようなものである。ところでその（A^2-B^2）という全性格の中でも（A－B）という一因子《ワンファクター》……換言すれば母親から遺伝した、たとえば『数学好き』という魂が、その（A－B）的傾向……すなわち数学の研究欲に凝り固まって、どこまでも他の魂の存在を無視して、超越して行こうとするような事があると、アトに取り残された（A＋B）という魂が一人ポッチで遊離したまま、徐々と、または突然に一種の不安定的な心霊作用を起こして（A－B）に呼びかける……つまり一時的に片寄った（A－B）的性格を（A＋B）の方向へ呼び戻して、以前の全性格（A^2-B^2）の飽和状態に立ち帰らせるべくモーションをかけるのだ。その魂の呼びかけが、そっくりそのまま声となって錯覚されるので、その声が普通の鼓膜から来た声よりもズット深い意識にまで感じられて、人を驚ろかせ、怪しませるのは当然のことでなければならぬ」

と言ったような論法で、生物の外見の上に現われる遺伝が、組合式、一列式、並列式、または等比、等差なぞ言う数理的な配合によって行なわれている処から説き始めて、精神、もしくは性格、習慣なぞ言う心霊関係の遺伝も同様に、数理的の原則によって行なわれている事実にまで、幾多の犯罪者の家系を実例に挙げて説き及ぼしている。それから天才と狂人、幽霊現象、千里眼、予言者なぞ言う高等数学的な心理の分解現象の実例を、詳細に亙《わた》って数理的に説明して在ったが、その中でも特別に彼がタタキつけられた一節は、普通人と、天才と、狂人の心理分解の状態を、それぞれ数理的に比較研究する前提として掲げてある、次のような解説であった。

「……天才とか狂人とか言うものは詰まるところ、そうした自分の性格の中の色々な因子の中の或る一つか二つかを、ハッキリと遊離させる力が意識的、もしくは無意識的(病的)に強い人間を指して言うので、天才が狂人に近いという俗説も、かように観察して来ると、きわめて合理的に説明されて来るのである。……太陽を描いて発狂したゴッホや、モナ・リザの肖像を見て気が変になった数名の画家なぞはその好適例である。すなわち自分の魂をその絵に傾注し過ぎて、モトの通りのシックリした性格に帰れなくなったので、その結果スッカリ分裂して遊離してしまった個々別々の自分の魂から、夜も昼も呼びかけられるようになってしまった。

……また、ベクリンと言う画伯は、自分に呼びかける自分の魂の姿を、骸骨《がいこつ》がバイオリンを弾いている姿に描きあらわして不朽の名を残したものである。

……また、これを普通人の例に取って見ると、身体が弱かったり、年を老《と》って死期が近づいたりした人間は、認識の帰納力とか意識の綜合力とか言ったような中心主力《ドミナント》が弱って来る結果、意識の自然分解作用がポツポツあらわれ始める。時々、どこからか自分の声に呼びかけられるようになる。だから身体が弱かった場合か、または相当年を老《と》った人間で、正体のない声に呼びかけられるような事があったならば、自分の死期の近づいた事について慎重なる考慮をめぐらすべきである」云々……。

この論文の一節を読んだ時に彼は、思わずゾッとして首を縮めさせられた。生まれつき虚弱な上に、天才的な、極度に気の弱い性格を持っている彼が、そうした不可思議な現象に襲われる習慣を持っているのは、当然過ぎるくらい当然な事と思わせられた。そうしてそれ以来、普通人よりも天才とか狂人とか言う者の頭の方が合理的に動いているものではないか知らんと、衷心《ちゅうしん》から疑い出す一方に、時折り彼を呼びかけるその声が、果たして自分の声だかどうだかを、的確に聞き分けてやろうと思って、ショッチュウ心掛けていたものであった。

ところが、ここにまた一つの奇蹟が現われた……と言うのは外でもない。その本を読んでからと言うもの、彼はどうしたものか、一度もそんな声にぶつからなくなってしまった事であった。ちょうど正体を看破された幽霊か何ぞのように、自分を呼びかける自分の声が、ピッタリと姿を見せなくなったので、この七、八年と言うもの彼は忘れるともなしにソノ「自分を呼びかける自分の声」のことを忘れてしまっていた。もっともこの七、八年というもの彼は、世帯を持ったり、子供は出来たりで、好きな数学の研究に没頭して、自分の魂を遊離させる機会が些《いささ》かもなかったせいかも知れなかったが……。ところがまた、その後になって、彼の妻と子供が死んで、ホントウの一人ポッチになってしまうと、不思議にも今言ったような心理現象がまたもやハッキリと現われ出して、彼を驚かせ始めたのであった。のみならずその声が彼にとってはじつにたまらない、身を切るような痛切な形式でもって襲いかかりはじめたので、彼はモウその声に徹底的にタタキつけられてしまって、息も吐《つ》かれない目に会わせられることになったのであるが、しかも、そんな事になったそのソモソモの因縁を彼自身によくよく考え廻してみると、それはどうやら彼の亡くなった妻の、異常な性格から発端して来ているらしく思われたのであった。

彼の亡くなった妻のキセ子というのは元来、彼の住んでいる村の村長の娘で、この界隈には珍しい女学校卒業の才媛であったが、容貌は勿論のこと、気質までもが尋常一様の変わり方ではなかった。彼が堂々たる銀時計の学士様でいながら、小学校の生徒に数学を教えたいのが一パイで、無理やりに自分の故郷の小学校に奉職しているのに、その横合いからまた、無理やりに彼の意気組に共鳴して、一緒になるくらいの女だったので、ただ子供に対する愛情だけが普通と変わっていないのが、むしろ不思議なくらいのものであった。つまり極度にヒステリックな変態的女丈夫とでも形容されそうな型《タイプ》の女であったが、それだけにまた、自分の身体が重い肺病に罹《かか》っても、亭主の彼に苦労をかけまいとして、無理に無理を押し通して立ち働いていたばかりでなく、昨年の正月に血を喀《は》いてたおれた時にも、死ぬが死ぬまで意識の混濁を見せなかったものである。ちょうど十一になった太郎の頭を撫《な》でながら、弱々しい透きとおった声で、

「……太郎や。お前はね。これからお父さんの言い付けを、よく守らなくてはいけないよ。お前がお父さんの仰言《おっしゃ》る事を肯《き》かなかったりすると、お母さんがチャンとどこか見て悲しんでおりますよ。お父さんが、いつもよく仰言る通りに、どんなに学校が遅くなっても鉄道線路なんぞを歩いてはいけませんよ」

なんかと冗談のような口調で言い聞かせながら、微笑しいしい息を引き取ったもので、それはシッカリした立派な臨終であった。

彼はだからその母親が死ぬと間もなく、お通夜の晩に、忘れ形見の太郎を引き寄せて、涙ながらに固い約束をしたものであった。

「……これから決して鉄道線路を歩かない事にしような。お前はよく友達に誘われると、イヤとも言いかねて、一緒に線路伝いをしているようだが、あんな事は絶対に止める事にしようじゃないか、いいかい。お父さんも決して鉄道線路に足を踏み入れないからナ……」

といったようなことをクドクドと言い聞かせたのであった。その時には太郎もシクシク泣いていたが、元来従順な児だったので、何のコダワリもなく彼の言葉を受け入れて、心からうなずいていたようであった。

それから後というものは彼は毎日、昔の通りに自炊をして、太郎を一足先に学校へ送り出した。それから自分自身は跡片付を済ますと大急ぎで支度を整えて、吾児の後を逐《お》うようにして学校へ出かけるのであったが、それがいつも遅れ勝ちだったので、よく線路伝いに学校へ駈け付けたものであった。

けれども太郎は生まれ付きの柔順《すなお》さで、正直に母親の遺言を守って、いくら友達に誘われても線路を歩かなかったらしく、毎日毎日国道の泥《どろ》やホコリで、下駄《げた》や足袋《たび》を台なしにしていた。一方に彼は、いつもそうした太郎の正直さを見るにつけて……これは無論、俺が悪い。俺が悪いにきまっているのだ。だけど学校は遠いし、余計な仕事は持っているしで、モトモト自炊の経験はあったにしても、その上に母親の役目と、女房の仕事が二つ、新しく加わった訳だから、登校の時間が遅れるのは止むを得ない。だから線路を通るのは万止むを得ないのだ……

なぞといったような言い訳を毎日毎日心の中で繰り返しているのであった。当てもない妻の霊に対して、おんなじような詫びごとを繰り返し繰り返し、良心の呵責を胡麻化《ごまか》しているのであった。

ところが天罰覿面《てきめん》とはこの事であったろうか。こうした彼の不正直さが根こそぎ暴露する時機が来た。しかし後から考えるとその時の出来事が、後に彼の愛児を惨死《ざんし》させた間接の……イヤ……直接の原因になっているとしか思われない、意外千万の出来事が起こって、非常な打撃を彼に与えたのであった。

それはやはり去年の正月の大寒中で、妻の三七日が済んだ翌る日の事であったが……。……ここまで考え続けて来た彼は、チョット鞄を抱《かか》え直しながら、もう一度そこいらをキョロキョロと見まわした。

そこは線路が、この辺一帯を蔽うている涯てしもない雑木林の間の空地に出てから間もない処に在る小川の暗渠《あんきょ》の上で、ほとんど干上がりかかった鉄気水《かなけみず》の流れが、枯葦《かれあし》の間の処々にトラホームの瞳に似た微かな光を放っていた。その暗渠の上を通り越すと彼は、いつの間にか線路の上に歩み出している彼自身を怪しみもせずに、今まで考え続けて来た彼自身の過去の記憶を今一度、シンシンと沁《し》み渡る頭の痛みと重ね合わせて、チラチラと思い出しつづけたのであった。

そのチラチラの中には純粋な彼自身の主観もあれば、彼の想像から来た彼自身に対する客観もあった。暖かい他人の同情の言葉もあれば、彼の行動を批判する彼自身の冷めたい正義観念も交《まざ》っていたが、要するにそんなような種々雑多な印象や記憶の断片や残滓《ざんさい》が、早くも考え疲れに疲れた彼の頭の中で、暈《ぼ》かしになったり、大うつしになったり、或はまたは二重、絞り、切組、逆戻り、トリック、モンタージュの千変万化をつくして、渦巻《うず》る構成派のような未来派のような、または印象派のような、場面をゴチャゴチャに渦巻きめぐらしつつ、次から次へと変化し、進展し始めたのであった。そうして彼自身が意識し得なかった彼自身の手で、彼のタッタ一人の愛児を惨死に陥れて、彼をホントウの独《ひと》りポッチにしてしまうべく、不可抗的な運命を彼自身に編み出させて行った不可思議な或る力の作用を今一度、数学の解式のようにアリアリと展開し始めたのであった。

それは大寒中には珍しく暖い、お天気のいい午後のことであった。

彼は二、三日前から風邪を引いていて、その日は朝から頭が重かったので、いつもの通り夕方近くまで居残って学校の仕事をする気がどうしても出なかった。だから放課後一時間ばかりも経つと、やはり何かの用事で居残っていた校長や同僚に挨拶をしいしい、生徒の答案を一パイに詰めた黒い鞄を抱え直して、トボトボと校門を出たのであった。

ところで校門を出てポプラの並んだ広い道を左に曲がると、彼の住んでいる山懐《やまふところ》の傾斜の下まで、海岸伝いに大きな半円を描いた国道に出るのであったが、しかし、その国道を迂回して帰るのが、彼にとっては何よりも不愉快であった。……というのは距離が遠くなるばかりでなく、このごろ著しく数を増した乗合自動車やトラック、または海岸の別荘地に出入りする高級車の砂ボコリを後から後から浴びせられたり、または彼を知っている教え子の親たちや何かに出会ってお辞儀《じぎ》をさせられるたんびに、彼の頭の中にフンダンに浮かんでいる数学的な瞑想を破られるのが、じつにたまらない苦痛だからであった。

ところがこれに反して校門を出てから、草の間の狭い道をコッソリと右に曲がると、すぐに小さな杉森の中に入って、その陰に在る駅近くの踏切に出る事が出来た。そこから線路伝いに四、五町ほど続いた高い掘割の間を通り抜けると、百分の一内外の傾斜線路《レベル》をほとんど一直線に、自分の家の真下に在る枯木林の中の踏切まで行けるので、その途中の大部分は枯木林に蔽《おお》われてしまっていたから、誰にも見つかる気遣いがないのであった。

ところでまた、彼はその校門の横の杉森を出て、線路の横の赤土道に足を踏み入れると同時に、はるか一里ばかり向こうの山陰に在る自分の家と、そこに待っているであろう妻子の事を思い出すのが習慣のようになっていた。その習慣は去年の正月に彼の妻が死んだ後までも、以前と同じように引き続いていたのであったが、しかし彼は、その愚かな心の習慣を打ち消そうとは決してしなかった。むしろそれが自分だけに許された悲しい権利でもあるかのように、ツイこの間まで立ち働いていた妻の病み窶《やつ》れた姿や、現在、先に帰って待っているであろう吾児の元気のいい姿を、それからそれへと眼の前に彷彿《ほうふつ》させるのであった。山番小舎のトボトボと鳴る筧《かけい》の前で、勝気な眼を光らして米を磨《と》いでいる妻の横顔や、自分の姿が枯木林の間から現われるのを待ちかねたように両手を差し上げて、

「オーイ。お父さーン」

と呼びかける頬ペタの赤い太郎の顔や、その太郎が汲み込んで燃やし付けた孫風呂の煙が、山の斜面を切れ切れに這《は》い上って行く形なぞを、過去と現在と重ね合わせて頭の中に描き出すのであった。もっとも時折は、黒い風のような列車の轟音を遣り過ごしたあとで、枕木の上に立ち止まって、バットの半分に火を点《つ》けながら、

……またきょうも、おんなじ事を考えているな。イクラ考えたって、おんなじ事を……

と自分で自分の心を冷笑した事もあった。そうして四十を越してから妻を亡くした見瘻《すぼ》らしい自分自身の姿が、こころもち前屈みになって歩いて行く姿を二、三十間向こうの線路の上に、幻覚的に描き出しながらも……。

……もっともだ。もっともだ。そうした儚《はか》ない追憶に耽《ふけ》るのは、お前のために取り残されているタッタ一つの悲しい特権なのだ。お前以外に、お前のそうした痛々しい追憶を冷笑し得る者がどこにいるのだ……

と言いたいような、一種の憤慨に似た誇りをさえ感じつつ、眼の中を熱くする事もあった。そうして全国の小学児童に代数や幾何の面白さを習得さすべく、彼自身の貴い経験によって、心血を傾けて編纂しつつある「小学算術教科書」が思い通りに全国の津々浦々にまで普及した嬉しさや、さてはまた、県視学の眼の前で、複雑な高次方程式に属する四則雑題を見事に解いた教え子の無邪気な笑い顔なぞを思い出しつつ……言い知れぬ喜びや、悲しみに交《かわ》る交る満たされつつ、口にしたバットの火が消えたのも忘れて行く事が多いのであった。

「……オトウサン……」

という声をツイ耳の傍で聞いたように思ったのはソンナ時であった……。

「…………」

ハッと気が付いてみると彼は、その日もいつの間にか平生《いつも》の習慣通りに、線路伝いに来ていて、ちょうど長い長い掘割の真中あたりに近い枕木の上に立ち佇まっているのであった。彼のすぐ横には白ペンキ塗りの信号柱が、白地に黒線の入った横木を傾けて、下り列車が近付いている事を暗示していたが、しかし人影らしいものはどこにも見当らなかった。ただ彼のみすぼらしい姿を左右から挟《はさ》んだ、高い高い掘割の上半分に、傾いた冬の日がアカアカと照り映えているそのまた上に、鋼鉄色の澄み切った空がズーッと線路の向こうの、山の向こう側まで傾き蔽うているばかりであった。

そんなような景色を見まわしているうちに彼は、ゆくりなくも彼の子供時代からの体験を思い出していた。

……もしや今のは自分の魂が自分を呼んだのではあるまいか。……お父さんと呼んだように思ったのは、自分の聞き違いではなかったろうか……。

といったような考えを一瞬間、頭の中に回転させながら、キョロキョロとそこいらを見まわしていた。……が、やがてその視線がフッと左手の掘割の高い高い一角に止まると、彼はまたもハッとばかり固くなってしまった。

彼の頭の上を遥かに圧して切り立っている掘割の西側には、さらにモウ一段高く、国道沿いの堤《どて》があった。その堤の上に最前から突っ立って見下していたらしい小さな黒い人影が見えたが、彼の顔がその方向に向き直ると間もなく、その小さい影はモウ一度、一所懸命の甲高い声で呼びかけた。

「……お父さアーん……」

その声の反響がまだ消えないうちに彼は、カンニングを発見された生徒のように真赤になってしまった。……線路を歩いてはいけないよ……と言い聞かせた自分の言葉を一瞬間に思い出しつつ、わななく指先でバットの吸いさしを抓《つま》み捨てた。そうして返事の声を咽喉《のど》に詰まらせつつ、辛うじて顔だけ笑って見せていると、そのうちに、またも甲高い声が上から落ちて来た。

「お父さアン。きょうはねえ。残って先生のお手伝いして来たんですよオ――。書取りの点をつけてねえ……いたんですよオ――……」

彼はヤットの思いで少しばかりうなずいた。そうして吾児が入学以来ズット引き続いて級長をしていることを、今更ながら気がついた。同時にその太郎が時々担当の教師に残されて、採点の手伝いをさせられる事があるので……ソンナ時は成るたけ連れ立って帰ろうね……と約束していた事までも思い出した彼は、どうする事も出来ないタマラナイ面目なさに縛られつつ、辛うじて阿弥陀《あみだ》になった帽子を引き直しただけであった。

「……オトウサーアアーンン……降りて行きましょうかアア……」

といううちに太郎は堤の上をズンズンこちらの方へ引き返して来た。

「イヤ……俺が登って行く」

狼狽《ろうばい》した彼はシャガレた声でこう叫ぶと、一足飛びに線路の横の溝を飛び越えて、重たい鞄を抱え直した。四十五度以上の急斜面に植え付けられた芝草の上を、一所懸命に攀《よ》じ登り始めたのであった。

それは労働に慣れない彼にとってはじつに死ぬほどの苦しい体験であった。振り返るさえ恐ろしい三丈あまりの急斜面を、足首の固い兵隊靴の爪先と、片手の力を頼りにして匐《は》い登って行くうちに、彼は早くも膝頭がガクガクになるほど疲れてしまった。崖の中途に乱生した冷めたい草の株を摑むたんびに、右手の指先の感覚がズンズン消え失せて行くのを彼は自覚した。反対に彼の顔は流れる汗と水涕《みずばな》に汚れ噎《む》せて、呼吸《いき》が詰まりそうになるのを、どうする事も出来ないながらに、彼は子供の手前を考えて、大急ぎに斜面を登るべく、息も吐《つ》かれぬ努力を続けなければならなかった。

……これは子供に唾を吐いた罰だ。子供に禁じた事を、親が犯した報いだ。だからコンナ責苦に遭《あ》うのだ……

といったような、切ない、情ない、息苦しい考えで一杯になりながら、上を見る暇もなく斜面に縋《すが》り付いて行くうちに、疲れ切ってブラブラになった足首が、兵隊靴を踏み返して、全身が草のようにブラ下がったままキリキリと回転しかけた事が二、三度あった。その瞬間に彼は、眼も遥かな下の線路に大の字形《なり》にタタキ付けられている彼自身の死骸を見下したかのように、魂のドン底までも縮み上がらせられたのであったが、それでもなお死物狂いの努力で踏みこたえつつ大切な鞄を抱え直さなければならなかった。

「あぶない。お父さん……お父さアン……」

と叫ぶ太郎の声を、すぐ頭の上で聞きながら……。

……堤の上に登ったら、直ぐに太郎を抱き締めて遣《や》ろう。気の済むまで謝罪《あやま》って遣ろう……。そうして家に帰ったら、妻の位牌の前でモウ一度あやまって遣ろう……。

そう思い詰め思い詰め急斜面の地獄を匐《は》い登って来た彼は……しかし……平たい、固い、砂利だらけの国道の上に吾児と並んで立つと、もうソンナ元気は愚かなこと、口を利く力さえ尽き果てていることに気が付いた。薄い西日を前にして大浪を打つ動悸《どうき》と呼吸の嵐の中にあらゆる意識力がバラバラになって、グルグルと渦巻いて吹き散らされて行くのをジイーッと凝視《みつ》めて佇んでいるうちに、眼の前に薄黄色い光の中で、無数の灰色の斑点がユラユラギラギラと明滅するのを感じていた。それからヤット気を取り直して、太郎に鞄を渡しながら、幽霊のようにヒョロヒョロと歩き出した時の心細かったこと……。そのうちに全身を濡れ流れた汗が冷え切ってしまって、タマラナイ悪感《おかん》がゾクゾクと背筋を這いまわり始めた時の情なかったこと……。

彼は山の中の一軒家に帰ると、何もかも太郎に投げ任せたまま直ぐに床を取って寝た。そうしてその晩から彼は四十度以上の高い熱を出して重態の肺炎に喘《あえ》ぎつつ、夢うつつの幾日かを送らなければならなかった。

彼はその夢うつつの何日目かに、眼の色を変えて駈け付けて来た同僚の橋本訓導の顔付を記憶していた。その後から駈け付けて来た巡査や、医者や、村長さんや、区長さんや、近い界隈の百姓たちの只事ならぬ緊張した表情を不思議なほどハッキリ記憶していた。のみならずそれが太郎の死を知らせに来た人々で……。

「コンナ大層な病人に、屍体を見せてええか悪いか」

「知らせたら病気に障《さわ》りはせんか」

と言ったような事を、土間の暗い処でヒソヒソと相談している事実や何かまでも、慥《たし》かに察しているにはいた。けれども彼は別に驚きも悲しみもしなかった。おおかたそれは彼の意識が高熱のために朦朧《もうろう》状態に陥っていたせいであろう。ただ夢のように……

……そうかなあ……太郎は死んだのかなあ……俺も一緒にあの世へ行くのかなあ……

と思いつつ、別に悲しいという気もしないまま、生ぬるい涙をあとからあとから流しているばかりであった。

それからもう一つその翌る日のこと……かどうかよくわからないが、ウッスリ眼を醒ました彼は囁やくような声で話し合っている女の声をツイ枕元の近くで聞いた。ちょうどランプの芯《しん》が極度に小さくしてあったので、そこが自分の家であったかどうかすら判《はっ》然《きり》しなかったが、多分介抱のために付き添っていた、近くの部落のお神さん達か何かであったろう。

「……ホンニまあ。坊ちゃんは、ちょうどあの掘割のまん中の信号の下でなあ……」

「……マアなあ……お父さんの病気が気にかかったかしてなあ……先生に隠れて鉄道づたいに近道さっしゃったもんじゃろうて皆言い御座るげなが……」

「……まあ。可哀そうになあ……。あの雨風の中になあ」

「それでなあ。とうとう坊ちゃんの顔はお父さんに見せずに火葬してしもうてなあ……」

「……何という、むごい事かいなあ……」

「そんでなあ……先生が寝つかっしゃってからこのかた、毎日坊ちゃんに御飯をば喰べさせよった学校の小使いの婆さんがなあ。代わられるもんなら代わろうがて言うてなあ。自分の孫が死んだばしのごと歎いてなあ……」

あとはスッスッという啜《すす》り泣きの声が聞こえるばかりであったが、彼はそれでも別段に気に止めなかった。そうした言葉の意味を考える力もないままにまたもうとうとしかけたのであった。

「橋本先生も言うて御座ったけんどなあ。お父さんもモウこのまま死んで終《しま》わっしゃった方が幸福かも知れんち言うてなあ……」

といったようなボソボソ話を聞くともなく耳に止めながら……自分が死んだ報知《しらせ》を聞いて、口をアングリと開いたまま、眼はパチパチさせている人々の顔と、向かい合って微笑しながら……。

けれどもそのうちに、さしもの大熱が奇蹟的に引いてしまうと、彼は一時、放神状態に陥ってしまった。和尚さんがお経を読みに来ても知らん顔をして縁側に腰をかけていたり、妻の生家から見舞いのために配達させていた豆乳も一本も飲まなかったりしていたが、それでも学校に出る事だけは忘れなかったと見えて、体力が出て来ると間もなく、何の予告もしないまま、黒い鞄を抱え込んでコツコツと登校し始めたのであった。

教員室の連中は皆驚いた。見違えるほど窶《やつ》れ果てた顔に、著しく白髪《しらが》の殖えた無性髯《ぶしょうひげ》を蓬々《ほうほう》と生やした彼の相好を振り返りつつ、互いに眼と眼を見交した。その中にも同僚の橋本訓導は、真先に椅子から離れて駈け寄って来て、彼の肩に両手をかけながら声を潤《うる》ませた。

「……ど……どうしたんだ君は。……シシ……シッカリしてくれ給え……」

眼をしばたたきながら、椅子から立ち上がった校長も、その横合いから彼に近付いて来た。

「……どうか充分に休んでくれ給え。吾々や父兄は勿論のこと、学務課でも皆、非常に同情しているのだから……」

と赤ん坊を諭《さと》すように背中を撫でまわしたのであったが、しかし、そんな親切や同情が彼には、ちっとも通じないらしかった。ただ分厚い近眼鏡の下から、白い眼でジロリと教室の内部《なか》を見廻しただけで、そのまま自分の椅子に腰を卸《おろ》すと、彼の補欠をしていた末席の教員を招き寄せて学科の引き継ぎを受けた。そうして乞食《こじき》のように見窄《みすぼ》らしくなった先生の姿に驚いている生徒たちに向かってポツポツと、講義を始めたのであった。

それから午後になって教員室の連中から、

「無理もない」

というような眼付きで見送られながら校門を出るとそのまま右に曲がって、生徒たちが見送っているのも構わずにサッサと線路を伝い始めたのであった。……またも以前の通りの思い出を繰り返しつつ……自分の帰りを待っているであろう妻子の姿を、木の間隠れの一軒家の中に描き出しつつ……。

彼はそれから後来る日も来る日も、そうした昔の習慣を判で捺《お》したように繰り返し始めたのであったが、しかしその中にはタッタ一つ以前と違っている事があった。それは学校を出てから間もない掘割の中程に立っている白いシグナルの下まで来ると、おきまりのようにチョット立ち止まって見る事であった。

彼はそうしてそこいらをジロジロと見廻しながら、吾児の轢かれた遺跡らしいものを探し出そうとするつもりらしかったが、すでに幾度も幾度も雨風に洗い流された後なので、そんな形跡はどこにも発見されるはずがなかった。

しかし、それでも彼は毎日毎日、そんな事を繰り返す機械か何ぞのように、おんなじ処に立ち佇まって、繰り返しくり返しおんなじ処を見まわしたので、そこいらに横たわっている数本の枕木の木目や節穴、砂利の一粒一粒の重なり合い、またはその近まわりに生えている芝草や、野茨の枝ぶりまでも、家に帰って寝る時に、夜具の中でアリアリと思い出し得るほど明確に記憶してしまった。そうして彼はドンナニ外の考えで夢中になっている時でも、シグナルの下のそのあたりへ来ると、ほとんど無意識に立ち佇まって、そこいらを一渡り見まわした後でなければ、一歩も先へ進めないようにスッカリ癖づけられてしまったのであった……何故そこに立ち佇まっているのか。自分自身でも解らないままに、暗い暗い、淋しい淋しい気持ちになって、狃染《なじ》みの深い石ころの形や、枕木の切口の恰好や、軌条の継目の間隔を、一つ一つにジーッと見守らなければ気が済まないのであった……。

「お父さん」

というハッキリした声が聞こえたのは、ちょうど彼がそうしている時であった。

彼はその声を聞くや否や、電気に打たれたようにハッと首を縮めた。無意識のうちに眼をシッカリと閉じながら、肩をすぼめて固くなったが、やがてまた、静かに眼を見開いて、オズオズと左手の高い処を見上げた。寂しい霜枯れの草に蔽われた赤土の斜面と、その上に立っている小さな黒い人影を予想しながら……。

ところが現在、彼の眼の前に展開している掘割の内側は、そんな予想と丸で違った光景をあらわしていた。見渡す限り草も木も、燃え立つような若緑に蔽われていて、色とりどりの春の花が、巨大な左右の土の斜面の上を、涯てしもなく群がり輝やき、流れ漾《ただよ》い、乱れ咲いていた。線路の向こうの自分の家を包む山の斜面の中程には、散り残った山桜が白々と重なり合っていた。朗らかに晴れ静まった青空には、洋紅色《ローズマダー》の幻覚をほのめかす白い雲がほのぼのとゆらめき渡って、遠く近くに呼びかわす雲雀《ひばり》の声や、頰白の声さえも和やかであった。

……その中のどこにも吾児らしい声は聞こえない……どこの物陰にも太郎らしい姿は発見されない……まったく意外千万な眩しさと、華やかさに満ちみちた世界のまん中に、昔のまんまの見窶らしい彼自身の姿を、タッタ一つポツネンと発見した彼……。

……彼がその時に、どんなに奇妙な声を立てて泣き出したか、それから、どんなに正体もなく泣き濡れつつ線路の上をよろめいて、山の中の一軒屋へ帰って行ったか……そうして自分の家に帰り着くや否や、簞笥《たんす》の上に飾ってある妻子の位牌の前に這《は》いずりまわり、転がりまわりつつ、どんなに大きな声をあげて泣き崩《くず》れたか……心ゆくまで泣いては詫び、あやまっては慟哭《どうこく》したか……。そうして暫《しば》くしてからヤット正気づいた彼が、見る人も聞く人もない一軒家の中で、そうしている自分の恰好の見っともなさを、気づき過ぎるほど気づきながらも、ちっとも恥ずかしいと思わなかったばかりでなく、もっともっと自分を恥ずかしめ、苛《さい》なみ苦しめてくれ……と言うように、白木の位牌を二つながら抱き締めて、どんなに頰ずりをして、接吻しつつ、あこがれ歎いたことか……。

「……おお……キセ子……キセ子……俺が悪かった。重々悪かった。堪忍……堪忍してくれ……おおっ。太郎……太郎、太郎。お父さんが……お父さんが悪かった。モウ……もう決して、お父さんは線路を通りません……通りません。……カ……堪忍して……堪忍して下さアアア――イ……」

と声の涸《か》れるほど繰り返し繰り返し叫び続けたことか……。

彼は依然として枯木林の間の霜の線路を渡りつづけながら、その時の自分の姿をマザマザと眼の前に凝視した。その瞼の内側が自ずと熱くなって、何とも言えない息苦しい塊が、咽喉《のど》の奥から、鼻の穴の奥の方へギクギクとコミ上げて来るのを自覚しながら…

……。

「……アッハッハ……」

と不意に足の下で笑う声がしたので、彼は飛び上がらんばかりに驚いた。思わず、二、三歩走り出しながらギックリと立ち止まって、汗ばんだ額を撫《な》で上げつつ線路の前後を大急ぎで見まわしたが、勿論、そこいらに人間が寝ているはずはなかった。薄霜を帯びた枕木と濡れたレールの連続が、やはり白い霜を冠った礫《こいし》の大群の上に重なり合っているばかりであった。

彼の左右には相も変わらぬ枯木林が、奥もわからぬほど立ち並んで、黄色く光る曇り日の下に灰色の梢を煙らせていた。そうしてその間をモウすこし行くと、見晴らしのいい高い線路に出る白い標識柱《レベル》の前にピッタリと立ち佇まっている彼自身を発見したのであった。

「……シマッタ……」

と彼はその時口の中でつぶやいた。……あれだけ位牌の前で誓ったのに……済まない事をした……と心の内で思っても見た。けれども最早取り返しの付かない処まで来ている事に気が付くと、シッカリと奥歯を噛み締めて眼を閉じた。

それから彼はまたも、片手をソッと額に当てながら今一度、背後《うしろ》を振り返ってみた。ここまで伝って来た線路の光景と今まで考え続けて来た事柄を、逆にさかのぼって考え出そうと努力した。あれだけ真剣に誓い固めた約束を、それから一年近くも過ぎ去った今朝に限って、こんなに訳もなく破ってしまったそのそもそもの発端の動機を思い出そうと焦燥《あせ》ったが、しかし、それはモウ十年も昔の事のように彼の記憶から遠ざかってい て、どこをドンナ風に歩いて来たか……いつの間に帽子を後ろ向きに冠り換えたか……鞄を右手に持ち直したかという事すら考え出すことが出来なかった。ただズット以前の習慣通りに、鞄を持ち換え持ち換え線路を伝って、ここまで来たに違いない事が推測されるだけであった。……しかしその代わりに、たった今ダシヌケに足の下で笑ったものの正体が彼自身にわかりかけたように思ったので、自分の背後の枕木の一つ一つを念を入れて踏み付けながら引き返し始めた。すると間もなく彼の立ち佇まっていた処から四、五本目の古い枕木の一方が、彼の体重を支えかねてグイグイと砂利の中へ傾き込んだ。その拍子に他の一端が持ち上がって軌条の下縁とスレ合いながら……ガガガ……と音を立てたのであった。

彼はその音を聞くと同時に、タッタ今の笑い声の正体がわかったので、ホッと安心して溜息を吐いた。それにつれて気が弛《ゆる》んだらしく、頭の毛が一本一本にザワザワザワとして身体中にゾヨゾヨと鳥肌が出来かかったが、彼はそれを打ち消すように肩を強くゆすり上げた。黒い鞄を二、三度左右に持ち換えて、切れるように冷めたくなった耳朶《みみたぶ》をコスリまわした。それから鼻息の露に濡れた胡麻《ごま》塩髯《しおひげ》を撫でまわして、歪みかけた釣鐘マントの襟《えり》をゆすり直すと、またも、スタスタと学校の方へ線路を伝い始めた。いつも踏切の近くで出会う下りの石炭列車が、モウ来る時分だと思い思い何度も何度も背後を振り返りながら……。

彼は、それから間もなく、今までの悲しい思い出からキレイに切り離されて、好きな数学の事ばかりを考えながら歩いていった。彼自身にとって、最も幸福な、数学ずくめの瞑想の中へグングンと深入りして行った。

彼の眼には、彼の足の下に後から後から現われて来る線路の枕木の間ごとに変化して行く礫石《バラス》の群れの特徴が、ずっと前に研究しかけたまま忘れかけている函数論の、プロババビリチーの証明そのもののように見えて来た。彼はまた、枕木と軌条が擦れ合った振動が、人間の笑い声に聞こえて来るまでの錯覚作用を、数理的に説明すべく、しきりに考え廻してみた。それは何の不思議もない簡単な出来事で、考えるさえ馬鹿馬鹿しい事実であったが、しかしその簡単な枕木の振動の音波が人間の鼓膜に伝わって、脳髄に反射されて、全身の神経に伝わって、肌を粟立たせるまでの経路を考えて来ると、最早、数理的な頭ではカイモク見当の付けようのない神秘作用みたようなものになって行くのが重ね重ね腹が立ってしようがなかった。人間が機関車に正面すると、ちょうど蛇《へび》に魅入られた蛙《かえる》のように動けなくなって、そのまま、轢き殺されてしまうのも、やはり脳髄の神秘作用に違いないのだが……。一体脳髄の反射作用と、意識作用との間にはドンナ数理的の機構の区別が在るのだろう……。

……突然……彼の眼の前を白いものがスーッと横切ったので、彼は何の気もなく眼をあげてみた。……今ごろ白い蝶がいるか知らんと不思議に思いながら……けれどもそこいらには蝶々らしいものは愚か、白いものすら見えなかった。

彼はその時に高い、見晴らしのいい線路の上に来ていた。

彼の視線のはるか向こうには、線路と一直線に並行して横たわっている国道と、その上に重なり合って並んでいる部落の家々が見えた。それは彼が昔から見慣れている風景に違いないのであったが、今朝はどうした事かその風景がソックリそのまんまに、数学の思索の中に浮き出して来る異常なフラッシュバックの感じに変化しているように思われた。その景色の中の家や、立木や、畠や、電柱が、数学の中に使われる文字や符号……√, =, 0, ∞, KLM, XYZ, αβγ, θω, π……なんぞに変化して、三角函数が展開されたように……高次方程式の根が求められた時の複雑な分数式のように……薄黄色い雲の下に神秘的なハレーションを起こしつつ、涯てしもなく輝やき並んでいた。形に表わす事の出来ないイマジナリー・ナンバーや、無理数や、循環小数なぞを数限りなく含んで……。

彼は、彼を取り巻く野山のすべてが、あらゆる不合理と矛盾とを含んだ公式と方程式にみちみちている事を直覚した。そうして、それ等のすべてが彼を無言のうちに嘲り、脅やかしているかのような圧迫感に打たれつつ、またもガックリとうなだれて歩き出した。そうしてそのような非数理的な環境に対して反抗するかのように、彼はソロソロと考え始めたのであった。

……俺は小さい時から数学の天才であった。

……今もその積りでいる。

……だから教育家になったのだ。今の教育法に一大革命を起こすべく……児童のアタマに隠れている数理的な天才を、社会に活かして働かすべく……。

……しかし今の教育法では駄目だ。まったく駄目なんだ。今の教育法は、すべての人間の特徴を殺してしまう教育法なんだ。数学だけ甲でいる事を許さない教育法なんだ。

……だから今までにドレほどの数学家が、自分の天才を発見し得ずに、闇から闇に葬られ去ったことであろう。

……俺は今日まで黙々として、そうした教育法と戦って来た。そうして幾多の数学家の卵を地上に孵化《ふか》させて来た。

……太郎もその卵の一つであった。

……温柔《おとな》しい、無口な優良児であった太郎は、俺が教えて遣るまにまに、彼独特の数理的な天才をスクスクと伸ばして行った。もう代数や幾何の初等程度を理解していたばかりでなく、自分でLOGを作る事さえ出来た。……彼が自分で貯めたバットの銀紙で球を作りながら、時々その重量と直径とを比較して行くうちに、直径の三乗と重量とが正比例して増加して行く事を、方眼紙にドットして行った点の軌跡の曲線から発見し得た時の喜びようは、今でもこの眼に縋《こび》り付いている。眼を細くして、頬ペタを真赤にして、低い鼻をピクピクさせて、偉大なオデコを光らしているその横顔……。

……けれども俺は太郎に命じて、そうした数理的才能を決して他人の前で発表させなかった。学校の教員仲間にも知らせないようにしていた。「また余計な事をする」と言って視学官連中が膨れ面をするにきまっていたから……。

……視学官ぐらいに何がわかるものか。彼奴等《あいつ》は教育家じゃない。タダの事務員に過ぎないのだ。

……ネエ太郎。そうじゃないか。

……彼奴《やつら》の数学は、生徒職員の数と、夏冬の休暇に支給される鉄道割引券の請求歩合と、自分の月給の勘定ぐらいにしか役に立たないのだ。ハハハ……。

……ネエ。太郎……。

……お父さんはチャント知っているんだよ。お前が空前の数学家になり得る素質を持っていることを……アインスタインにも負けないくらいスゴイ頭を持っていることを……。

……しかし、お前自身はソンナ事を夢にも知らなかった。お父さんが言って聞かせなかったから……だから残念とも思わなかったであろう。お父さんの事ばかり思って死んだのであろう……。

……だけども……だけども……。

ここまで考えて来ると彼はハタと立ち止まった。

……だけども……だけども……

と言うところまで考えて来ると、それっきりどうしてもその先が考えられなかった彼は、枕木の上に両足を揃えてしまったのであった。ピッタリと運転を休止した脳髄の空虚を眼球のうしろ側でジイッと凝視しながら……。

それは彼の疲れ切って働けなくなった脳髄が、頭蓋骨の空洞の中に造り出している、無限の時間と空間とを抱擁した、薄暗い静寂であった。どうにも動きの取れなくなった自我意識の、底知れぬ休止であった。どう考えようとしても考えることの出来ない……。

彼は地底の暗黒の中に封じ込められているような気持ちになって、両眼を大きく大きく見開いて行った。しまいには瞼がチクチクするくらい、まん丸く眼の球を剝き出して行ったが、そのうちにその瞳の上の方から、ウッスリと白い光線がさし込んで来ると、それに連れて眼の前がだんだん明るくなって来た。

彼の眼の前には見覚えのある線路の継目と、節穴の在る枕木と、その下から噴き出す白い土に塗《まみ》れた砂利の群れが並んでいた。

そこは太郎が轢かれた場所に違いないのであった。

彼は徐《おもむ》ろに眼をあげて、彼の横に突っ立っているシグナルの白い柱を仰いだ。黒線の入った白い横木が、四十五度近く傾いている上に、ピカピカと張り詰められている鋼鉄色の青空を仰いだ。そうして今一度、吾児の血を吸い込んだであろうと足の下の砂利の間の薄暗がりを、一つ一つに覗き込みつつ凝視した。その砂利の間の薄暗がりから、頭だけ出している小さな犬蓼《たで》の、血よりも紅い茎の折れ曲がりを一心に見下していた。

……だけども……だけども……

という言葉によって行き詰まらせられた脳髄の運転の休止が、またも無限の時空を抱擁しつつ、彼の頭の上に圧《の》しかかって来るのを、ジリジリと我慢しながら……どこか遠い処で、ケタタマシク吹き立てていた非常汽笛が、次第次第に背後《うしろ》に迫って来るのを、夢うつつのように意識しながら……。

……だけども……だけども……

と考えながら彼は自分の額を、右手でシッカリと押え付けてみた。

……だけども……だけども……

……今まで俺が考えて来た事は、みんな夢じゃないかしらん。……キセ子が死んだのも、倅《せがれ》が轢き殺されたのも……それからタッタ今まで考え続けて来た色々な事も、みんな頭を悪くしている俺の幻覚に過ぎないのじゃないかしらん。……神経衰弱から湧き出した、一種のあられもないイリュージョンじゃないかしらん……。

……イヤ……そうなんだ。そうなんだ。イリュージョンだ。イリュージョンだ……。

……俺は一種の自己催眠にかかってコンナ下らない事を考え続けて来たのだ。俺の神経衰弱がこのごろだんだんひどくなって来たために、自己暗示の力が無暗と高まって来たお陰でコンナみじめな事ばかり妄想するようになって来たのだ。

……ナァーンダ。……何でもないじゃないか……。

……妻のキセ子も、子供の太郎も、まだチャンと生きているのだ。太郎はモウ、とっくの昔に学校に行き着いているし、キセ子はまたキセ子で、今ごろは俺の机の上にハタキでも掛けているのじゃないか。あの大切な「小学算術」の草案の上に……。

……アハハハハハ……。

……イケナイイケナイ。こんな下らない妄像に囚《とら》われていると俺はキチガイになるかも知れないぞ……。

……アハ……アハ……アハ……。

彼はそう思い思い、スッカリ軽い気持ちになって微笑しいしい、またも上半身を傾けて、線路の上を歩き出そうとした。するとその途端に、思いがけない背後から、突然、非常な力で……グワーン……とドヤシ付けられたように感じた。そうしてタッタ今、凝視していた砂利の上に、何の苦もなく突き倒されたように思ったが、その瞬間に彼は真黒な車輪の音も無い廻転と、その間に重なり合って閃めき飛ぶ赤い光明のダンダラ縞《じま》を認めた。……と思ううちに後頭部がチクチク痛み始めて、眼の前がグングン暗くなって来たので、二、三度大きく瞬きをしてみた。

……お父さん。お父さん。お父さん。お父さん……

と呼ぶ太郎のハッキリした呼び声が、だんだんと近付いて来た。そうして彼の耳の傍まで来て鼓膜の底の底まで沁み渡ったと思うと、そのままプッツリと消えてしまったが、しかし、彼はその声を聞くと、スッカリ安心したかのように眼を閉じて、投げ出した両手の間の砂利の中にガックリと顔を埋めた。そうしてその顔を、すこしばかり横に向けながら、ニッコリと白い歯を見せた。

「……ナァーンダ。お前だったのか……アハ……アハ……アハ……」

無系統虎列刺《コレラ》

法医学者の不平を話せ。新聞に書くからっていうのかね。

アハハハハ。御免蒙《ごめんこうむ》ろうよ。不平が言いたいくらいなら最初からコンナ仕事に頭を突っ込みゃしないよ。モトモト物好きで入った研究なんだから、今更不平を言ったたって始まらないだろう。新聞になんか書かれたら、いい恥晒《はじさら》しだぜ。書いちゃいけないよ。いいかい。

ウン。と言ってそりゃあ在るには在るよ。

第一法医学なんていう名前からして不平だ。コンナ馬鹿馬鹿しい名前はないよ。たしか明治二十四、五年ごろに、大先輩の片山先生が付けられた名前だと思うが、悪く言っちゃ相済まないんだがね。その前には鑑定医学、断訴医学、裁判医学なんて呼ばれていたもんだ。むろんソンナ名前の一つだって吾々の仕事を引っくるめた意味を含んだものはない。名前なんてドウでもよさそうなもんだが、妙なもんだね。自分の仕事を意味しない名前の学問を研究していると、石炭掘りに来て芋を掘らせられるような気がするよ。

現在当大学では吾輩《わがはい》の監督の下に、解剖、血清、細菌、検診、毒物、精神病、心理、詐病鑑定、災害検診なんて仕事を研究しているにはいるんだが……この範囲なら「法医学」と名付けられても文句はないんだが、それくらいの研究じゃナカナカ責任は果たされないんだ。

要するに、あらゆる科学知識を、百科全書式に応用して、法律上の諸問題を解決するって言うんだから、手ッ取早く言えば所謂《いわゆる》、名探偵の助手みたいなもんだよ。

小説なんかに出て来る西洋の名探偵は、吾々が大勢がかりで手を分けて研究している仕事をタッタ一人で研究し、知りつくしているんだから驚くよ。ソンナ頭脳《あたま》がこの世に在り得るか、どうかと言う事からして問題だと思うがね。しかも、そいつを非常な機知と胆才でもって犯罪事件に応用して、的確に事件の真相を看破して行くんだから、名探偵の仕事ってものは頗《すこぶ》る痛快な仕事に相違ないがね。吾々の仕事となるとナカナカさようは行かないんだ。医学関係の問題だけでも研究の余地が無限に拡がっているのに、医学以外のありとあらゆる不可思議現象に対して、責任ある断定を下さなければならないから往生するよ。

チョット呼ばれて裁判所に行っていると、この証文の墨色の真偽を鑑定しろと来るんだ。マルッキリ医者の仕事じゃないやね。

この帽子を冠った奴の職業と年齢を問う。この蠅《はえ》は生後何か月ぐらいで如何なる処に発生したるものなりや……なんかと来る。今に火星人類の指紋の有無を尋ねられるんじゃないかと思ってビクビクするね。しかもそのたんびに宣誓させられるんだから遣り切れないよ。法医学部専門の大英百科全書を買ってくれと、毎年毎年予算に出してはいるがね。ナカナカ買ってくれないので困っているんだ。イヤ、笑いごとじゃないんだよ。大英百科全書を引っくり返せば直ぐにわかる事を、ワザワザ吾輩の処へ尋ねに来る裁判所や警察があるんだからね。チョイチョイ……。

その癖、鑑定は鑑定だけで、事件の真相になんか触れさせないまま追っ払われる事が、きわめて多いんだ。吾々に支払う蚊《か》の涙ほどの鑑定料が惜しいのかも知れないが、余計な処には一切嘴《くちばし》を容《い》れさせないのだから詰まらない事夥《おびただ》しい。

吾々だって人間だあね。紛糾した事件の一端を聞くと、直ぐに事件の真相に突っ込みたくならあね。憎い犯人をタタキ上げてみたくもなろうじゃないか。それを犯人の足跡の鑑定だけさせられて追っ払われたんじゃ、鰻丼《うなぎどんぶり》の匂いだけを嗅がされたようなもんだ。

悪く言う訳じゃないが、裁判官だの警察官なんてものは、めいめいに自分の専門の法律とか、犯罪に対する第六感とか、多年の経験とかいう、所謂、犯罪関係の高等常識ばかりに凝り固まっているんだから、普通一般の社会に関する高等常識にはドッチかと言うと欠けている傾きがあるね。

たとえば若い女が自殺したと聞くと、直ぐに恋愛関係じゃないかと疑いをかける。ストライキを起こすとスワコソ社会主義という風に、手近い経験から来た概念的な犯罪常識をもって、一直線に片付けて行こうとする癖があるようだね。だから、その概念が間違っていたら運の尽きだよ。事件は片ッ端から迷宮に入って行くんだからね。

コンナ事件があるんだ。

君も知っているだろう。ツイ近くのB町に起こった虎列刺《コレラ》事件を……知っているが立ち消えになったから真相は知らないと言うのか。警察に尋ねたけれどもわからない……ウンウン。わからないはずだ。あれは大きな声では言えないが、警察と裁判所の大失態だからね。ちょうど去年の秋の大演習を控えて、行幸を仰ごうという矢先だったもんだから、県下一般、大狼狽をきわめたらしいんだが、ソイツが立ち消えになった。そのまま行幸を仰いだと言うのだから、ドチラにしても責任は重大だろう。たしか県会で、警察当局が真相を質問されて、ギュウギュウ言わされたって話だ。

その真相というのはじつに他愛のない、一場のナンセンス劇みたいなもんだがね。

君も知っている通り、B町って言うのは田舎《いなか》のちょっとした町だ。あれで人家が二百戸ぐらい在るかなあ。

あの町の中央の警察署の隣家《となり》に斎藤という、長い天神髯《てんじんひげ》を生やした開業医がある。年はもう六十近かったがナカナカ人格者という評判でね。五十ぐらいの奥さんと二十五、六の一人息子の三人暮らしだ。この一人息子は当大学出身の医学士で、M内科の副手になって論文を書いている秀才……という訳だ。

その天神髯の斎藤さんの飲み友達で、町外《はず》れの一軒屋に開業している西木という独身の獣医が在る。その娘で去年女学校を出たばかりの才媛……だったか、どうだか知らないが、とにかくステキな別嬪《べっぴん》さんと、斎藤さんの息子の医学士と、早くから婚約が出来ていたんだね。博士になったら帰って来て父の業を継ぐ。同時に正式に結婚するという訳でね。よくある話だ。

ところが去年の夏だ。六月だっけか、暑い晩に、天神髯の斎藤さんが、親友の西木獣医の処へ押しかけて行って、娘さんのお酌で酒を飲んだ。鰯《いわし》のヌタに蒲鉾《かまぼこ》が肴《さかな》だったというが、二人とも長酒で、そんな場合はいつも徹宵《てつしょう》飲み明かすのが習慣だったので、娘さんは肴に心配をして近所の乾物屋から干鰯を買って準備していたというね。

ところがその晩に限って、どうしたものか二人とも、宵の口から口論を始めて、十一時ごろにはモウ寝てしまった。斎藤さんがこの西木獣医家の蒲団《ふとん》に寝たのはこの時が初めてだったそうだがね。

議論は何でも国体に関する問題で、政党は必要だ。イヤ。不必要だ……と言ったような二人でよく遣る議論だったそうだが、何しろ二人とも酔っ払っている上に、聞いていたのが若い娘さんだったもんだから、ドッチがドウ主張し合っているんだかだんだんわからなくなってしまった。しまいには、お互いの家庭教育の攻撃し合いになって、ソンナ奴の娘は貰わん。遣らん……という処からとっ組み合いになったので、仰天した娘さんが仲裁に入って二人とも寝かし付けた。斎藤さんは近い処だから帰ると言ったが、ベロベロに酔っ払って危いので、ともかくもお迎えに奥さんが見えるまでと言う訳で欺《だま》して寝かし付けた。二人は寝てまでも「貴様は国賊だ」「何が国賊だ」と罵《ののし》り合いながら睡ったと言うんだが、今も言う通り、若い娘さんが聞いたんだからね。その議論がドレぐらいの深刻さで闘わされたものか、わかりゃしないやね。

ところがその夜中になって大変な事が持ち上がった。天神髯の斎藤さんが、恐ろしく苦悶し始めてスバラシク吐瀉《としゃ》し続けて人事不省に陥った。熱は出ていないが見る見るうちに脈が悪くなって、ビクビクと痙攣《けいれん》を起こして固くなってしまった。まだ息の在るうちにその皮膚を獣医の西木さんが抓《つま》んでみたら、まったく弾力を失ってしまっていたというんだ。

サア大変だ。コレラだというので、西木先生ステキに狼狽したんだね。時を移さず警察へ報告したので、B町中が忽《たちま》ち引っくり返るような騒ぎだ。何しろB町は今秋の大演習の御野立所になるはずだったんだからね。西木、斎藤の両家は勿論のこと、前の日に斎藤さんの診察を受けた患者の家も勿論のこと、ヌタの材料を売った魚屋から、斎藤さんが喰いもしない干鰯を売った乾物屋まで、疾風迅雷式に猛烈な消毒、出入禁止だ。まったく飛んだ災難だね。

ところがまた、ここに一つ不思議というのは、その虎列剌《コレラ》の伝染系統がまったくわからん。その当時はまだ夏の初めで、県下に虎列剌の虎《コ》の字も発生していなかった時分だ。斎藤さんも勿論、宅診、往診以外に遠くへ行った形跡はない。つまり所謂、無系統コレラ……天降り伝染という奴だね。

不思議だ不思議だといううちに、県の衛生試験所へまわった斎藤さんの吐瀉物について大変な報告がB町の警察署に来た。

「検鏡の結果コレラ菌を認めず。但し著明の酸性反応を認む」

西洋の名探偵だったらここで哄笑《こうしょう》一番する処だがね……イヤ。モット前に危険を予知して斎藤さんに忠告していたかも知れないがね。

「内科医が、獣医の家へ行ってお酒を飲んではいけません。生命にかかわります」

とか何とか……。

ところが日本の田舎ではナカナカさようは行かない。

……毒殺!!!……という感じが、この報告を聞いた刹那《せつな》にB署員の頭にピインと来たんだね。そこで早速、内偵を進めてみると、生憎《あいにく》なことに獣医の西木さんは五、六年前の開業当時に、斎藤先生から大枚二千何百円の借金をしている。それが一文も入っていない……という事実が、斎藤さんの後家さんの口から判明した。斎藤の後家さんは、その刑事から聞いた話に非常に憤慨して、大急行で帰って来た息子の医学士を、斎藤さんの霊前に引き据えると、刑事の面前で、

「ソンナ悪人の娘は、お前の嫁に貰う訳に行かぬ」

と涙ながらに申し渡すという劇的シーンが展開してしまった。

ソレッ……というので文句なしに西木獣医が引っぱられる。裁判所から予審判事が急行する。

斎藤さんの死骸は今一度大消毒の上、大学に廻されて解剖の手続きをする。そのゴタゴタの真最中に、馬鹿な話で、斎藤の息子の医学士と西木の娘が、厳重な青年団員の警戒をドウ誤魔化《ごまか》したものか、手に手を取ってB町駅から入場券を買ってドロンを極めてしまった。上り列車に乗ったか下り列車に乗ったか、列車が行き違ったのでわからない……という言語道断な騒動になった。万一これが毒殺事件でなくて、真正の虎列刺だったらトテモ重大な黴菌《ばいきん》だらけの道行だからね。B町の署長と町長は神様に手を合わせて、

「ドウゾ毒殺事件でありますように……」

と一心籠めて祈ったという話だが、同情に堪えないね。どうも若い者はコンナ風に思慮がなくて困るんだ。

そこでその息子の斎藤医学士がいた当大学のM内科でも棄てて置けなくなった。M内科部長が事件後四日目か、五日目に、ヒョッコリ吾輩の処へ遣って来て、じつはこれこれの事件だが、何とか一つ解決の方法はなかろうかという折り入っての話だ。斎藤医学士はトテモ頭がよくて将来惜しい男だ。論文が通過したら何とかして洋行させたいと思

っていた処なんだが……と暗涙を浮かべている。師弟の温情掬《きく》すべし……という訳だね。吾輩はその時に初めて詳しい話を聞いたんだが、どうも可笑《おか》しいと思ったよ。毒殺の動機が二千円にしてもアトには後家さんと証文が残っているんだから斎藤さんだけ殺したって何にもならん。国賊という意味で昂奮のあまり殺したにしても、酒の中へ毒を入れる役は差し詰め西木の娘さんだけだろうが、それもどうやら話がおかしい……といったような気がしたもんだから、取りあえず県の衛生課へ電話で問い合わせてみると、「斎藤医師の嚥下《えんか》した毒物は目下分析中」という愛想もコソもない返事だ。ナアニ、分析中でも何でもない。放ったらかしていたらしいんだ。「馬鹿にしてやがる。虎列剌でも何でもないものを……」といった調子だったのだろう。「虎列剌菌無し。酸性反応云々」までは顕微鏡とリトマスだけで直ぐにわかる。仕事がきわめて簡単だが、アトの分析はナカナカ面倒臭いからね。県の役人なんてものは、こうした臨時の仕事となると、いつもいい加減にあしらうものらしいんだ。

そこで吾輩は止むを得ず、その翌日の土曜日の休講を利用して、ブラリとB町の西木家へ出張してみた。M内科部長の温情に敬意を払ってね。じつは斎藤さんの死骸を解剖した方が早わかりなんだが、何処《どこ》に引っかかっているのかまだ看なかったし、酒を飲んだ現場を見たり、後家さんの話を聞いたりして置けば解決が早いと思った訳だ。……と言うと大層立派な御出張のようだが、しかし公式の責任はチットもないんだから、何の事はない、一種の弥次馬《やじうま》だろう。フロックコートを着た……。

西木家を監視していた警官も青年団員も、名刺を出すと訳なく通してくれたが、狭い穢《きた》ない家だった。四間ぐらいの土低い普通の百姓家で、あまり流行《はや》っていない獣医さんの家らしかったが、ホルマリンと生石灰の臭気の非道《ひど》いのには弱らされたよ。

青年団員に間取りを聞いた吾輩は、ハンカチで鼻を蔽いながらイキナリ薬局に入って行った。じつは吾輩、獣医の薬局なるものを見た事がなかったのでね。ドンナ薬と道具がドンナ工合に並んでいるものか後学のために見て置きたかったのだ。序《ついで》にドンナ毒物が使用されたかもアラカタ見当が付くだろうと考えていた。

じつは娘さんがいるといろいろ聞いてみたい事が在ったんだが、際どい処でドロンを極め込んでいるものだから、何もかも盲目《めくら》探り同然だ。弥次馬探偵、弱ったよ……まったく……。

処が案ずるよりも生むが易いとはこの事だね。みんな虎列刺を怖ろしがって、外から雨戸を目張りしただけで消毒したらしく、家の中の品物が一つも動かしてなかったのが非常な天祐《てんゆう》であった。薬局といっても裏口の横の納戸《なんど》みたいな四畳半の押入れを利用したものに過ぎなかったが、そこの襖《ふすま》が半開きになっている。その鼻の先の中棚に直径一寸五分、高さ三寸くらいの茶色の薬瓶がタッタ一つ、向こうの薬棚から取り出したまま置いて在る。白いレッテルには右から左へ横へ「吐酒石酸」という活字が四個行列している。白い吐酒石の結晶が瓶の周囲にバラバラと零《こぼ》れ散らかっているのが何よりも先に眼に付いた。

それを見た途端に、ハハア、これは吐酒石酸を飲み過ぎたんだナ……と思った。吐酒石酸というのは毒殺自殺や何かの時に重宝な薬で、この薬をホンノちょっぴり人間に服《の》ませると、忽《たちま》ち胃袋のドン底まで吐瀉して終《しま》うから毒がまわらないうちに助かるんだ。牛馬が毒草を喰った時なんかにも同じ理屈で使用される薬なんだが、その代わりに分量を誤ると、じつに急劇、猛烈な吐瀉を起こすために、体内の水分がグングン欠乏する。下痢《げり》をしない虎列剌と似たり寄ったりの症状で、心臓麻痺を起こして死ぬんだ。獣医さんが虎列剌と診断したのは無理もない。じつは上出来の方かも知れないがね。

しかし本職の内科医の斎藤さんが、どうしてソンナに過量の吐酒石酸を服用したのか。よしんば酔っていたために分量を過ったにしても……どうして吐酒石酸を使用する必要があったのか……または、どうして飲まされる機会にぶつかったのか……といったような事実が吾輩にはどうしても想像出来ない。コイツには弱ったね。大酒を飲む人や胃の悪い人の中にはここで……ハハア……そうかと首肯《うなず》く人がいるかも知れないが、天性の下戸で、頗《すこぶ》る上等の胃袋を持っている吾輩には、まったく見当の付けようがないのだ。つまり大酒飲みの習慣に対する高等常識が、その時の吾輩にはなかったんだね。

大約三十分間も、その瓶と睨《にら》めっくらをしてボンヤリ考えていたっけが……。

それから途方に暮れたまま、来るともなく台所に来て水甕《みずがめ》のまわりを見廻しているうちにヤットわかったね。水甕の上の杓子《しゃくし》や笊《ざる》を並べた棚の端に、重曹の瓶《びん》と匙《さじ》が一本置いて在るんだ。

そいつを見ると疑問が一ペンに氷釈したよ。何でもない事なんだ。

吾輩は直ぐに西木家を出て程近い警察の横の斎藤家を訪うた。名刺を通じて斎藤の後家さんに面会すると、劈頭《へきとう》第一に質問をした。

「……大変に立ち入ったお尋ねごとですが、おなくなりになった御主人は、お酒を呑み過ぎられますと、酒石酸と重曹を一緒にお口に入れて、水を飲んで大きなゲップを出される習慣が、お在りになりはしませんでしたか」

後家さんは痩《や》せぎすの色の青い、多少ヒス的な感じのする品のいい婦人だった。可哀そうに最早チャントした切髪姿で納まって御座ったが、吾輩の奇問にはさすがにビックリしたらしく眼をパチパチさせたよ。

「まあ……どうして御存じで……主人はいつも御酒を頂きますたんびに重曹と酒石酸を用いましたので……そうしないと二日酔いをすると申しまして、御酒を頂きますたんびに……」

「それは夜中にお眼醒めになった時に、お一人でコッソリなさるのでしょう」

後家さんはイヨイヨ驚いたらしく眼を丸くしたよ。

「……まあ……よく御存じで……」

「その酒石酸の瓶をチョット拝見さして頂けますまいか」

「ハイ。この瓶で御座います」

といううちに後家さんは立ち上がって、玄関横の薬局から白の結晶の詰まった茶色の瓶を持って来た。径一寸五分ぐらい、高さ三寸ほど……ちょうど西木家の吐酒石酸の瓶ぐらいの横腹に白いレッテルが貼って在って、酒石酸と活字が三個右から左に並んでいる。後家さんは、それを吾輩の前に据《す》えて、感慨無量という体で眼をしばたたいた。

「これが何か、お調べのお役にでも立ちますので……」

と言われた時には吾輩、気の毒とも何とも言いようがなかったね。

「イヤナニ……別に……ちょっと参考まで……」

と言って逃げるように斎藤家を辞して往来に出るとホッとしたもんだが、返す返すも馬鹿馬鹿しい話さね。

普通の内科医の処に在る吐酒石酸の瓶を見て見たまえ。高さ一寸かソコラの小さなものだ。これは人間に飲ませるのだからごく少量しか用意してないのだ。ところが図体の大きい牛馬に飲ませるとなるとトテモ少々では利かないから、獣医の処に在る吐酒石酸の瓶は相当に大きいのが用意して在る。ちょうど内科医の処に在る酒石酸の瓶ぐらいあるんだ。

そいつを夜中に眼を醒ました、酔眼朦朧《すいがんもうろう》たる斎藤さんが探し出したんだね。瓶の向こう側に「吐」の字が隠れているのを見落として、アトの「酒石酸」の三字だけを見ると、これだこれだというので早速匙《さじ》で杓《しゃく》ってドッサリ口に入れた。台所に来て水を飲んで、それから悠々《ゆうゆう》と重曹を流し込んだ結果起こった、ナンセンス悲劇という事が、ここに到ってハッキリとわかったんだ。

むろんB町の警察署は、吾輩の説明で納得してくれたよ。西木獣医は即刻釈放されるし、そうなると斎藤の後家さんも頑張る理由がなくなったので倅の結婚を承諾した。医学士の内縁夫婦は大阪の友人の処に隠れていたのを引っ張り戻されて、M内科部長の媒酌《ばいしゃく》で正式に結婚したがね。将来絶対禁酒というので、水盃で三三九度を遣ったそうだ。この間、子供が生まれたといって吾輩の処へ礼言いに来たっけが……どうも頭のいい人間に限ってシッカリした処がないから駄目だよ。このごろの青年の特徴かも知れないがね。むろん書いちゃいけないぜ。この話は……みんな馬鹿だったと言う話だからね。ハハ……。

近眼芸妓と迷宮事件

俺の刑事生活中の面白い体験を話せって言うのか。小説の材料《たね》にするから……ふうん。折角だが面白い話なんかないよ。ヒネクレた事件のアトをコツコツと探りまわるんだから碌《ろく》な事はないんだ。何でも職務《しごと》となるとねえ。下らないイヤな思い出ばっかりだよ。その下らないイヤな思い出が結構在来《ありきたり》の名探偵大成功式の話じゃシンミリしない。恐ろしく執念深いんだなあ。

それじゃコンナのはどうだい。どうしても目星がつかないので警視庁のパリパリ連中が、みんな兜《かぶと》を脱いだ絶対の迷宮事件が一つ在るんだ。いわゆる、完全犯罪だね。そいつが事件後丸一年目に或る芸妓のヒドイ近眼のお陰で的確に足がついた。すぐに犯人が捕まったってえ話はどうだい。珍しいかね。じつは是は吾々にとっちゃじつに詰まらん失敗談だがね。探偵談なんて言うのも恥ずかしいくらいトンチンカンな、簡単明瞭な事件なんだが……。

なお面白い……ずるいなあ、とうとう話させられるか。

もう古い話だ。明治四十一年てんだから日露戦争が済んだアトだ。幸徳秋水の大逆事件の前だっけね。チット古過ぎるかね。……構わんか……。

ずいぶん古い話だが、この事件ばっかりはどうしても忘れられない変テコな印象がハッキリ残っているんだよ。何故だかわからないがメチャメチャになった被害者の顔とか、加害者の若い青白い笑い顔とか、その間に挟まった芸妓のオドオドした近眼とかいうものが、不思議なほどハッキリと眼に残っている。

話の筋道は頗《すこぶ》る簡単だがね。ほかの事件と違って何だかこう考えさせられる深刻な、シンミリした処があるように思うんだ。

事の起こりは在り来りの殺人事件だった。

飯田町の或る材木屋の主人で、苗字は忘れたが金兵衛という男が、自分の家の材木置場で殺《や》られたんだ。天神様の御縁日の翌る日だったから二十六日だろう。天気のいい朝だったっけが、行ってみるとひどい殺され方でね。

五十恰好の禿《はげ》頭のデップリした親爺《おやじ》で、縞の羽織に前垂、雪駄《せった》という、お定《き》まりの町家の旦那風だったが、帽子を冠らないで、懐手をしたまま、自分の家の材木置場から、飯田橋の停車場の方へ抜けて行く途中の、鋸屑《のこぎりくず》のフワフワつもった小径の上に、コロリと俯伏《うつぶ》せに倒れている……材木の陰から躍り出た兇漢に、アッと言う間もなく脳天を喰らわせられたんだね。額から眼鼻の間へかけて一直線に石榴《ざくろ》みたいにブチ割られて、脳味噌がハミ出している。ちょっと見た処、出血の量が非常に少ないと思ったが、顔の下の湿った鋸屑を掘ってみると、下の方ほど真黒くドロドロになっている。死後推定時間は十時間だったと思うが、倒れた儘、動かなかったらしい。文句なしの即死だね。ところでそこまでは判明したが、その他の事がまったくわからない。そのころまではどこの材木置場にも木挽《こびき》が活躍していたので、現場の周囲が随分遠くまで新しい鋸屑だらけだ。犯人もそこを狙って仕事をしたものらしく、足跡がまったくわからないのには弱ったよ。いくらでも足跡が在るには在るんだが、ハッキリしたのは一つもない。屍体の近くに二か所ばかり強く踏み躙《にじ》って在るのが兇行当時の犯人の足跡《もの》らしかったが単に下駄《げた》じゃないという事がわかるだけで推定材料にはテンデならない。被害者の懐中物は無尽講の帳面が二冊キリ、蟇口《がまぐち》も煙草容《いれ》もない。……というきわめてサッパリした現場なんだ。

その時の現場に出張していた連中はかなり大勢だった。少々大袈裟《げさ》だったかも知れないが、仕事が閑散だったせいだろう。最初に麴町《こうじまち》署から来た四、五人のほかに、警視庁の第一捜査係長、刑事部長、警部補、巡査、刑事が四人、鑑識課の二、三人、警察医が二名、予審判事と書記というのだから、ほとんど全国の警察でも一粒選《よ》りの鋭い眼玉が、そこいら中を一所懸命に探しまわったもんだが、何一つ手がかりが見当たらない。ただその後の屍体解剖で、額にブチ込んだ兇器が厚さ一分くらい、推定一尺長さ以上の一直線の重たい物体であった、ちょうど鉈《なた》の背中みたようなものだった……という事が判明しただけだったが、しかもこの鉈の背中という説明のし方が、アトから考えるとドウモ面白くなかったね。やはりこの事件を迷宮に逐い込んだ原因になっていると思うんだ。長さ一尺以上、厚さ一分くらいの、一直線の重たい品物というので、みんな寄って色々考えてみたが、前に鉈の背中という言葉を聞いてたもんだから、それ以外の品物をドウしても考えつかない。まさかソンナ大きな文鎮《ぶんちん》が在ろうとは思わないからねえ。一直線の重たい、手ごろの金属板……文鎮……製図屋と直ぐに思いつくほど、頭のいい奴は実際にはナカナカいないものなんだ。探偵小説家にはザラにいるかも知れないがね。そこで直接の証拠物件が見当たらないとなると今度は状況の証拠という段取りになるだろう。

金兵衛の女房、店の番頭、若い者なぞを、手を分けて調べてみると、金兵衛は昨日の夕方、夕飯を喰ってから、本郷の無尽講の計算に行って来ると言って、預っていた旧式の帳面と、九百円ばかりの金を店の金庫から取り出して、イクラか入った蟇口と一緒に懐中に入れた。落とさないように懐手をしながら、帽子も何も冠らないまま、ブラリと表口から出て行ったのを、女房と番頭が見ておった。それっきり昨夜は帰って来なかったが、毎月二十五日の無尽講の計算の日には、そのままどこかへ行ってしまって、帰って来ないのが通例になっていたから、みんな早く寝てしまった。

あくる朝……つまりその二十六日の朝になって、番頭と若い衆が、その日の中に深川の製材所から河岸に着くはずになっている樅板の置場を見に行くと、直ぐに屍体を発見して、大騒ぎになった。殺されるような心当たりは一つもない……というアッサリした話……。

むろんそれから家内中の者を綿密に調べてみたが、怪しい者なんか一人もいない。女房は締り屋の堅造で、一高の優等生になっている柔順《おとな》しい一人息子の長男と一緒に、裏二階で十時ごろまで小説を読んでいたが、怪しい物音や叫び声なんか一度も聞かなかった。また若い番頭は、店の表二階で焼芋を買って、十時過ぎまで猥談《わいだん》をやっていたので、尚更、何も聞かんという訳でね。みんな今で言う現場不在証明《アリバイ》をチャンと持っている。金兵衛は相当ケチケチした親方らしいが、それでも人使いが上手《うま》かったのだろう、怨《うら》んでいる人間なんか一人もいないらしいのだ。

コイツはまた迷宮入りかな……といった感じが、そんな取り調べの最中にピンと頭へ来たがね。

しかし何しろ九百何円の金がなくなっている以上、殺人強盗という見込みなんだから事が重大だ。

しかもよっぽど前から金兵衛の日常の癖《くせ》や何かを研究して知っている人間で、相当の腕力と元気のある奴だ。ことに日が暮れているとはいえ、人家や電車道に近い薄明るい処で、これだけの思い切った仕事をやっつけている以上、生やさしい度胸ではない。事によると前科者かも知れない……という理屈から遠い親戚や無尽講の関係者、また九段下界隈の前科者や無頼漢《ごろつき》なぞを出来るだけ念入りに洗ってみたが、これとても疑わしい奴は一人もいない。その中でも、二十五日の晩に湯島天神の境内に集まっていた無尽講の世話人連中は、肝腎の帳面と金を持っている金兵衛が来ないので、その晩の九時ごろになって、飯田町の金兵衛の家に電話をかけた。すると女房の声で、もう着くころだという返事だったので夜中過ぎるころまで酒を飲みながら待っていたが、それでも来ない。

そこでモウ一度電話をかけてみたが、今度は誰も起きて来ないらしいので、殺されているとは夢にも知らずに、明日、金兵衛の処に押しかけて行く事にきめて皆ブッブッ言い言い帰って寝た。大方金兵衛は九百円の金をほかの事に廻したので、金策に奔走したまま、どこかへ引っかかっているんじゃないかと言う者もいたが、イヤ、金兵衛さんはお金の事ばかりはトテモ几帳面だから帳面を預けたんだ。そんな事をする気づかいは絶対にない。どうもおかしい……と言う者もいた。するとまた、イヤ金兵衛はこのごろ、築地のどことかに妾《めかけ》を置いているという話だから何とも知れない、なぞ言う者が出て来てワイワイ言い合いながら別れた……と言う腹蔵のない連中の話なんだ。

ここで金兵衛の妾の話が出たので、直ぐに飛びつくように金兵衛の素行調べに移った訳だが、その妾というのは検番を調べてまわると直ぐに判然《わか》った。芳町の芸妓でとって二十五になる愛吉というのが……本名はたしか友口愛子と言ったっけが、去年……明治四十年の暮に金兵衛から引かされて、築地三丁目の横町で、耳の遠い養母《おふくろ》と一緒に小さい煙草屋をやっている。二階が押入、床の間つきの六畳で下が店の三畳に、便所に台所という猫の額みたいな造作でね。引かされたといっても自前になっただけで、お座敷はやっぱり勤めさせられていた。稼ぎ高は時々金兵衛が来てキチンキチンと計算する。台所のコマゴマした買物帳までも調べるというナカナカ抜け目のないガッチリした親爺だったのだね。

ところがまたその愛吉の愛子という女がイクラか馬鹿に近いくらい、温柔《おとな》しい女なので、或る待合の女将《おかみ》が不憫《ふびん》がって、結局その方が行末のためだろうと言うので、金兵衛に世話したという話だったが、ひどい奴で、金兵衛は愛子の人の好いのに付け込んで、稼ぎ高を丸々取り上げる上に、お客まで取らせていたというんだから呆《あき》れたね。算盤《そろばん》の強い奴には敵《かな》わないね。

それから今度は捜索の手が、愛子の素姓調べに移った訳だが、そんな細かい処は面白くもないし、本筋に関係がないからヌキにしよう。とにかく愛子は某富豪華族の御落胤《らくいん》で、お定《き》まりの里子上がりの、養母《ははおや》に煮て喰われようと焼いて喰われようと文句の言えない可哀そうな身上であった事、三味線も踊りも、歌も駄目で、芸妓としては温柔し過ぎる事、縹緻《きりよう》は十人並のポッチャリした方で、二十五だというのにお酌みたいに初々《うぶうぶ》しい内気な女であった。それにチョットわからないが、ひどい近眼だったこと……これが一番大事な話のヤマなんだが、その近眼で人の顔をジイッと見る眼付がまた、何とも言えず人なつっこい。見られた人間は、ちょっと惚れられているような感じを受ける事……アハハ。馬鹿にしちゃいけねえ。俺が自惚れた訳じゃねえんだ。誰にもそう思われたんだよ。

それよりも事件発生以来、毎日毎日警視庁の無能を新聞に敲《たた》かれながら、ジイッと辛抱して、こうした余計な事をジリジリと調べてまわる俺達の苦労が並大抵じゃなかった事だけは同情して置いて貰いたいね。新聞記者なんてものは、そんな処にはミジンも同情しないからね。読者を喜ばせるのが商売だから、むしろ「警視庁の無能暴露」とか

「犯人の大成功」とか書きたい気持ちで、まだですか、まだですかと、様子を聞きに来るんだからウンザリしちまわあ。イヤな商売だよ。まったく……。

ところがまた、生憎《あいにく》な事にこの事件が、だんだんと新聞の注文に嵌《は》まりそうになって来た。この筋を辿《たど》って行けばキット何かにブッカルに違いないという、俺一流のカンが当たっていたかいなかったか、愛子には今まで一人の情夫らしいものもいない。念のために今までのお客の中で、好いたらしい事を言い合った者はいないか。チョイト惚《ぼ》れでもいいからいないかと聞いてみたが、愛子はただポカンとして頭を左右に振るばっかりだから、しまいにはこっちが負けてしまった。頭の悪い奴はコンナ場合まったく苦手だよ。ことに女にはコンナ種類の返事をする者が多いから困るんだ。

じつは愛子が惚れた男がチャントいたんだ。愛子はその男に、生まれて始めての恋を感じているにはいたんだが、タッタ一晩、会ったキリだし、気の弱い女だもんだから自分でもチョット惚れのつもりでほかの苦労に紛れて、そのまんま忘れていたんだ。むろんそいつが犯人だったのだが……まあ……急《せ》かずと聞き給え。ここが面白いところなんだ。

そんな訳で事件当時の愛子には、これぞと言う心当たりがまったくなかったんだから手のつけようがない。そうかと言って愛子の取ったお客を一々調べ上げて、足を洗ってみると言うのはトテモ大変な仕事だし、第一、それほどの確かな見込みをつけていた訳じゃないんだから、そのままこの方面の捜索を打ち切る事にした。

そうなると自然、捜索の方針が八方塞《ふさが》りになる訳だから、話が一番最初の処へ逆戻りして来る。つまり否が応でも兇器を発見して、その兇器から当たりをつけて行かなければならない事になって来たが、その肝腎要《かんじんかなめ》の兇器が、事件発生以来どうしても見つからないのには弱らされたね。弱るも道理か……犯人はその兇器の文鎮をチャント仕事場に持って帰って、ニッケル鍍金《メッキ》を仕直して、毎日毎日製図の仕事に使っていたんだから、コレぐらい馬鹿馬鹿しい話はないんだが、こっちはソンナ事とは夢にも知らない絶体絶命だ。頼みの綱はコレ一つ……兇器さえ見つかればこっちのもの……東京市中を持ちまわって一軒一軒虱潰《しらみつぶ》しに出所を調べてまわっても構わない覚悟で、飯田町一帯の材木置場の隅から隅まで鋸屑を掻きまわしたもんだ。

笑い事じゃないんだよ。一口に迷宮事件というけれども迷宮事件の裏面にはコンナ苦労がドレくらい積み重なっているか知れないのだよ。しまいには九段下から大手あたりのお堀へかけての大捜索までやって貰ったが、古バケツ、底抜け薬罐《やかん》、古下駄、破れ靴、犬猫や、傘《からかさ》の骨以外には何一つ引っかかって来ない。新聞にはその大捜索の状況を写真にまで出したが、吾々はただ、そうして笑われているような気がしたばっかりだった。

とうとう事件発生後、三か月目に完全な迷宮入り、捜索打ち切りの宣告を聞いた時の残念さ、無念さ……それは絶対にお役目気質とか何とか言うもんじゃなかったよ。吾々仲間の根性とでも言おうか。事件の筋道が尻切トンボになって、有耶無耶《うやむや》になった不愉快さと言ったらないね。家へ帰っても二、三日は飯が不味《まず》くて嬶《かかあ》を相手に癇癪《かんしゃく》ばかり起こしていたもんだが……むろん初めの騒ぎが大きかっただけに、警視庁が新聞からメチャメチャに野次り倒された事は言うまでもない。しかし事実は文字通りに「警視庁の無能」「犯人大成功」なんだからチューの音も出なかった訳だよ。

ところが、こうした徹底的な迷宮事件……手がかりのなくなった完全犯罪が、それから一年も経った後に、思いがけない愛子のひどい近視眼のお陰で目星がついたんだから皮肉だろう。

不思議……そうだねえ。ちょっと聞くと、ずいぶん不思議な、神秘的な話に聞こえるだろう。ところが事実は何でもない。何とも言えない人情に絡《から》んだ憐れな話なんだ。

ちょうどそれから丸一年経った明治四十二年の、やはり四月の中ごろの事だった。むろん次から次に起こる事件に逐われて、金兵衛殺しなんか忘れている時分だったが……。雨はショボショボ降るし、事件も何もなし……と言うので、仲間と一緒に警視庁の溜りで雑談をしていると、給仕が面会人を取り次いで来た。

「築地の友口愛子……大至急お眼に掛りたい……」

と言って小さな名刺を一枚渡した。

トタンにドキンとしたね。一年前の苦心をズラリと思い出しながら慌てて立ち上がったよ。コンナ場合に、コンナ調子でヒョッコリ面会を求めに来る事件の中の女は十中八、九、何かしら重大な手がかりを持って来るものなんだ。

仲間に冷やかされながら例の面会室に来てみると、疑いもない愛子がチャント丸髷《まるまげ》に結った野暮《やぼ》ったい奥様風で、椅子に腰をかけている。よほど心配な事があると見えて、顔色が真青に窶《やつ》れている。おまけに妙にオドオドした眼付でこっちを見る表情に、昔のような人なつこい愛くるしさがアトカタもないようだ。

占めた……と思いながら何喰わぬ顔で話を聞いてみると、愛子は金兵衛に死に別れてから、芸妓を廃業《やめ》て義理の母親《おふくろ》と一緒に煙草屋専門でやってみた。すると近所の会社員や工場の職人たちが盛んに買いに来てくれるので、結構やって行ける事がわかった。しかし一方に養母が、芝居と、信心と、寝酒の道楽を始めて、死んだ金兵衛の伝でグングン臍繰《へそくり》をカスリ取る上に、良い縁談をみんな断わってしまうので、愛子は朝から晩まで店の稼ぎと世帯の苦労に逐われて、このごろはスッカリ窶れてしまった……と言うような話で……つまり愛子は生まれてから死ぬまで絞り取られるように出来ていた女なんだね。……それから愛子はオズオズと一通の手紙を出して、是を読んでくれと言うんだ。

俺は何かの脅迫状じゃないかと思って半分失望しいしい、その手紙を開いてみたら大違いだった。便箋三枚に製図用の紫インキで綺麗に、細かく、ベタ一面に書いて在るんだ。参考品の中に保存して在るがね。見せてやろうか……ウン……こっちへ来てみたまえ。この手紙だ。

前文御めん下さい。僕は貴女に感謝しなければなりません。昨日偶然に、僕と貴女とあすこで二人切りになった事を、貴女は記憶しておられるでしょう。あの時、貴女の横に腰をかけていたのは警視庁の思想犯係の刑事だったのです。そう気づいた時に僕はモウ絶体絶命の立場にいる事を知りました。貴女の前の御主人の事を根掘り、葉掘り聞いた僕の顔を貴女は記憶しておられるはずでしたから。

それればかりでなく、僕は貴女が苦労に窶《やつ》れておられる姿を見てシミジミと自分の罪を思い知りました。すぐにも名乗ろうかと思いながら躊躇《ちゅうちょ》しておりましたが、その時に貴女は以前の通りの愛情の籠もった眼でジイッと僕を見られただけで、そのまんま知らん顔をしておられました。貴女が僕にどうかして無事に逃げてくれと言っておられる無言の気持ちがよくわかりました。

ああ。あの時の気持ち。僕の感謝の気持ちを、どうしたら貴女にお伝え出来ましょう。

貴女の前の御主人金兵衛は悪魔だったのです。貴女のそうした涙ぐましい純潔な心ばかりでなく、貴女の清浄な肉体、血液までも絞りつくそうとしている悪魔だったのです。ですから僕は、彼の悪魔を懲《こ》らして貴女を救い出し、同時に僕の外国行きの旅費を作ろうと決心してしまったのです。それから一か月ばかりの間金兵衛を跟《つ》けまわして、とうとう完全なチャンスを掴んだのです。しかし外遊はしませんでした。金兵衛から奪ったお金は皆、党の運動資金に費《つか》ってしまいました。

僕は貴女の思想から見ればドンナに詛《のろ》われても足りない人間です。貴女の御主人の仇敵です。

社会の公敵です。貴女の不運の原因を作った人間です。それを貴女は知らん顔をして見のがして下すったのです。

ああ。貴女は、あのタッタ一夜の純情を、一年後の今日までも僕に対して注いで下すったのです。僕を愛していて下すったのです。

僕は生まれて初めて貴女によって人間の純情の貴さを知ったのです。唯物主義一点張りの血も涙もない生涯を送ろうと思っていた僕の信念が、貴女のお陰で根底からグラつき始めたのです。

僕はキチガイになりそうです。

僕はモウ二度と貴女にお眼にかからない処へ逃げて行きます。裏切者にならないために、貴女の純真な、切ない愛情をタッタ一つ抱いて、満腔《まんこう》の感謝を捧げて死んで行きたいために。

僕は裏切者となって、貴女と結婚して、貴女をエタイのわからない不幸な運命に陥れるに忍びません。

どうぞ幸福に幸福に暮らして下さい。

淋しい社会主義者より

友口愛子様

この手紙は直ぐに焼いて下さい。貴女の御親切に信頼します。

この手紙を読み終わると直ぐに、これは一刻も猶予ならんと思って立ち上がりかけた……が……また思い直して腰を落ち着けた。この手紙を持って来た愛子の態度が、あんまり不思議なので……自分を好いている男を一人死刑にするようなやり方なのに……正直者の愛子がソンナ残酷《ざんこく》な事をするはずはないと思ったので、念のために今一応訊問してみる気になった。社会主義者一流の計略じゃないかしらんという疑いも起こったからね。

「ふうむ。愛子さん……」

「ハイ……」

「あんたはこの手紙の主に心当たりがあるのかね」

ビックリしたように眼をパチパチさせた愛子は丸髷を軽く左右に振った。

「いいえ。ちっとも存じません。何を書いて在るのか読めないものですから。字があんまり細かくて……」

俺は唖然《あぜん》となってしまった。

「ナアンだ。まだ読んでいないのかい」

愛子は丸髷に手をやりながら淋しく笑った。

「ハイ。コンナような手紙が、よく男の方から参りますので、そのたんびに母親《おっかさん》に読んで貰っておりますが、この手紙の文句ばっかりは、わからないと母親が言うもんですから……処々拾い読みして貰ってもチンプンカンプンですから……ただ金兵衛さんの名前が所々に書いてあって、社会主義者が、死ぬっていうような事が書いて在るって言うもんですから、何だか怖くなりまして……ほかの方に読んで頂くのは剣呑《けんのん》だって母親が言うもんですから、大急ぎで貴方に読んで頂きに……」

俺は思わず一丈ばかりの溜息を吐《つ》いたよ。滑稽《こっけい》な気持ちなんかミジンも感じなかったから不思議だよ。これほどの恐ろしい作用《はたらき》を現わした愛子の、何も知らないでオドオドしている近眼を暫《しばら》くの間茫然《ぼうぜん》と見詰めていたね。

「ふうむ。あんたはこの手紙で見ると、金兵衛さんが死ぬる一か月ぐらい前に、どこかの待合で、若いお客と差しでシンミリした事があるんだね」

愛子の顔色が見る見る真青になった。この前に訊問した事をドウやら思い出したらしいんだ。それからまた、忽《たちま》ち耳のつけ根まで赤くなったが、俺の顔を見ながらオズオズと点頭《うなず》いたものだ。

「ね。あるだろう。思い出したろう」

愛子はいよいよ真赤になって俯向《うつむ》いてしまった。俺は胸をドキドキさせながら彼女に対して訊問の秘術を尽し始めたが、彼女は手もなく釣り込まれてポツポツ話し出した。

「ハイ。やっと思い出しました。それは二十七、八の若旦那風の人でした。待合ではオオさんと言っておりましたが、お名前は大深さんと言いましたが……お召物からお金遣いまでサッパリした方で、いいえ、手は両手とも職工らしくない、白い綺麗な手でした。

お酒が少しばかりまわりますと、親切に色々と妾《わたし》の身上をお尋ねになりましたので、何もかも真実《ほんと》の事をスッカリ話しました。金兵衛さんの事までもスッカリ……毎月二十五日が本郷の無尽《むじん》講の寄り合いなので、帳面とお金を持って行かれる。その帰りに電車で妾の所へ見える事まで話しました。その若い方は何でも、信州の或るお金持ちの御養子さんで、東京へ来て高等工業学校へ入ったが、養家が破産したために学校へ行けなくなった。それから色々苦労をして稼ぎながら、築地の簿記の夜学校へ入っているうちに、半年振りに養家の残りの財産が自分のものになったから、煙草を買うたんびに思っていた君を名指しにして遊びに来た。これから時々来るから……と言ったようなお話で、お宅は芝の金杉という事でしたが……それはそれは御親切な……」

「……ふうん。それから、シッポリといい仲になったって訳だね」

愛子はまた耳元まで赤くなった。涙を一しずくポロリと膝の上に落とした。

「うんうん。わかっているよ。だからあの時も、そのお客の事を俺に話さなかったんだね」

愛子は丸髷を、すこしばかり左右に振った。シクリシクリと歔《しゃく》り上げ始めた。

「そうかそうか。そのお客だけがタッタ一人好いたらしい人だった事を、あの時は思い出さなかったんだね」

愛子は微かに震えながら頭を下げた。多分謝罪《あやま》っている積りだったのだろう。俺は一膝乗り出した。

「そこでねえ。話は違うが、昨日アンタはどこか、電車か何かの中で三人切りになった事があるかね。ほかの二人は男だったはずだが……」

愛子はビックリしたように顔を上げた。

「どうして御存じ……」

「アハハ。この手紙に書いてあるじゃないか。どこだい、それは……」

「昨日、伯父さんの法事をしに深川へまいりました」

「アッ。月島の渡船《わたし》に乗ったんだね。成る程成る程。その時にアンタと一緒に乗っていた二人の男の風体を記憶《おぼ》えているかね」

愛子は恐ろしそうに身体を竦《すく》めた。俺が社会主義者の事でも調べていると思ったんだろう。例の黒目勝の眼をパチパチさせながら唇《くちびる》を震わした。

「妾は眼が悪う御座いますので、三尺も離れた方の風体《ごようす》はボーッとしか解りませんが……」

「わからなくともいいからアラカタの風采でいいんだ。二人とも紳士風だったかね」

「いいえ。一人は青い服を着た職工さんで、もう一人は黒い着物を着た番頭さんのような方でした」

「その職工みたいな男の人相は……」

彼女はいよいよ恐ろしそうに椅子の中に縮み込んだ。

「あの……鳥打帽を……茶色の鳥打帽を眉深く冠っておられましたので、よくわかりませんでしたが、モウ一人の方はエヘンエヘンと二つずつ咳払いをして、何度も何度も唾《つば》をお吐きになりました」

「アハハ。そうかそうか、それは色の黒い、茶の中折を冠った、背の高い男だったろう。金縁の眼鏡をかけた……」

愛子はビックリして顔を上げた。

「……どうして……御存じ……」

俺は直ぐに呼鈴を押して給仕を呼んだ。

「オイ。給仕。控室の石室君にチョット来て貰ってくれ」

「かしこまりました」

石室刑事は直ぐに来た。

「何だ何だ……ウンこの婦人かい。昨日月島の渡船場で一緒に乗ったよ。どうかしたんかい……ナニ。一緒に乗った職工かい、ウン知ってるよ。深川の紫塚造船所の製図引きで大深泰三という男だよ。社会主義者の嫌疑で一度調べた事がある。高等工業にいたとか言うがチョットお坊ちゃん風のいい男だよ。昨日は俺の顔を見忘れていたんだろう。知らん顔をしていたっけが」

正直の処、この時ぐらい狼狽《ろうばい》した事はなかったね。社会主義者なんていうのは、見掛けによらない敏感なもので、逃げ足の非常に早いものだという事がこの時分からわかっていたからね。

「ウン直ぐに行こう。重大犯人だ。君も一緒に来てくれ。詳しい事はアトから話す。アッ……いけない。愛子さん愛子さん」

愛子はウンと気絶したまま椅子から床の上へ転がり落ちてしまった。残酷な話だが、俺はその時は思わず微笑したよ。この気絶は彼女の話の真実性を全部裏書きしたようなものだったからね。

警察医が来て愛子を介抱している間に、俺達は紫塚造船所に乗り込んで、机の抽出《ひきだし》を片づけている最中の大深を、有無を言わさず引っ捕えた。大深はそのころ芽生えかけていた社会主義者のチャラチャラで幸徳秋水の崇拝者だった。目的のためには手段を選ばずという訳で、露西亜《ロシア》へ行く旅費を得るために、製図屋仲間の評判から愛子の旦那の金兵衛に眼をつけて、愛子の口から様子を探ると、仕事用のニッケル鍍金《メッキ》の四角い鉄棒を持って熱心に跟《つ》けまわしている中に、屏風を建てまわしたような材木置場で、絶好の機会に恵まれたので断然、絶対安全な兇行を遂げたんだね。

しかし大深はタッタ一度の馴染なもんだから愛子の近眼に気づいていなかったし、愛子の方も、そんな事までは打ち明けなかったんだね。だから愛子の例の通りの潤んだ惚れ惚れとした眼つきでジイッと見られた時に、スッカリ感違いをしてしまったんだね。元来が主義にカブレタ青二才で、ホントの悪党じゃなかったもんだから、ほんの一時の自惚れから身を滅ぼしてしまった訳だ。

手錠をかけたアトで例の手紙を見せると大深は、青い顔になってうなずいた。

「馬鹿だなあ……この手紙を他人《ひと》に見せるなんて……もっとも俺の方がよっぽど馬鹿だったんだが……アハハハ……」

と空虚《うつろ》な高笑いをしたっけ。じつにサッパリしたいい度胸だったが、聞いている吾々は笑おうにも笑えない気持ちがしたよ。

むろん癪《しゃく》に障《さわ》っていたから大深の就縛は新聞社には知らせなかった。そのまま暗から暗へと死刑になってしまったが、可哀そうなのは愛子で、それから後チョイチョイ大深へ差入れなんかをしていたらしい。そうして彼が死刑になった事が新聞に出た晩に、自宅の台所で首を縊《くく》って死んでしまった。

遺書も何もなかったので原因はわからないが、自分の口一つから金兵衛を殺し、又大深を殺した事がわかったので、すっかり悲観して思い詰めてしまったんじゃないかと思う。

何……君にはわかっている……？

愛子は最初、大深に初恋を感じていたのを自分で気づかずにいたのだ。それがあの手紙を見て焦げつくほど燃え上がった。そうして大深の死刑と一緒にこの世が暗闇になった。

ふうん。恐ろしく間だるっこい惚れ方をしたもんじゃないか。惚れていた事がわかるまでに人間を二人も殺してさあ。

ふうん。ほんとうに純真な、内気な女なんてソンナもんだ。そこがこの話のスゴイ処だ……小説になる処だって言うのかね。

アハハ。成る程ねえ……。

S岬西洋婦人絞殺事件

法医学的な探偵味を含んだ、かつ、残忍性を帯びた事件の実話を書けという注文であるが、今ここに書く事件は、遺憾《いかん》ながら左の三項について、その筋に残っている公式の記録、もしくは筆者のノートと相違しているはずである。

一、該事件発生地の地形、関係地名、人名

二、機密事項の内容

三、法医学者の活動範囲

従ってその意味からこの稿は実話と称する資格を欠いているのであるが、ここに都合のいい事に、右の三項はこの実話としてはむしろ傍系的な問題である。冒頭の要求通りの事件の全貌と、つまらない謎《なぞ》が非常にグロテスクな不可解なものに見えた、その真実の経過を明らかにするためには何の妨げにもなっていないのみならず、これを省略、変更した事が、却ってこの事件に対する理解の明瞭度を高めるために役立っていると思う。なお前記三項を偽装し、または仮装した事は、この事件の真相を記憶している一部の人々の不快とする処かも知れないが、そのさようしなければならなかった理由は、読了後に、自ら首肯され得るであろう。

R市のS岬というと日本海に面した風光明媚《めいび》の景勝である。R市から海越しに、直径、一里半ばかり距《へだ》たった対岸で、首の細い半島になっている赤土山の松原の中に、西洋人や日本人の別荘がチラホラと建っている処であるが、その内海側の一番突端のコンモリと丸い松林の緑の中に、R市に在る某石油会社の支配人で、有名な愛妻家として、たびたび新聞にゴシップされた事のあるJ・P・ロスコーという×国人の住宅が建っていた。見るからに瀟洒《しょうしゃ》なバンガロー風の青ペンキ塗り、平屋建で、対岸のR市からながめると、三丁ばかり離れて建っている倫陀療養院の赤い屋根と、偶然の美しいコントラストを作っているのであるが、そのJ・P・ロスコー氏の最愛の夫人で、今年二十四になるマリー・ロスコーという美人が大正×年の八月二十何日であったか土曜日の真夜中に、このバンガローの中の寝室で絞殺され、暴行を加えられていた。その時に裏手の少し離れた日本家にいたロスコー家のコック兼小使の東作という老人は、奇怪にも酒に酔っ払って、そこから二百米《メートル》ばかり隔たった半島の突端、外海側に在る低い、小さな岩山の上の、生い茂った草原の中にグーグー眠っていた……というのが事件の発端であった。

その土曜日の晩に、会社で、徹夜の仕事をして、翌る日曜日の朝早く、大急ぎで帰って来た愛妻家のロスコー氏は、昨夜、自分自身の手で、たしかに鍵を掛けて出たはずの玄関の扉が、半分ばかり開いているのを遠くから発見して、ハッとした。大急ぎで吾家に走り込んで、惨酷《むご》たらしく変化したマリー夫人の絞殺屍体を一目見ると、そのまま一散に表へ飛び出して、意気地なくも、内海の波打ち際にブッ倒れて気絶しているのを、ほど経て沙魚《はぜ》釣りのために通りかかった二人の県庁吏員が発見して、ほど近い倫陀病院に担《かつ》ぎ込んだ。その院長倫陀博士の応急手当で、ロスコー氏はヤット意識を回復して、前記のような事実を辛うじて物語るには語ったが、元来が西洋人一流の極度にセンチな意気地のない性格らしく、一種の痴呆患者か何ぞのようにボロボロと涙を流して「マリー、マリー」と号哭《ごうこく》するばかりで、何が何だかサッパリ要領を得ない。

そこで倫陀院長が気を利かしてタッタ一人いる助手の弓削《ゆげ》という医学士に命じてロスコー家の様子を見に遣ると、この弓削医学士というのがまた、そんなような仕事のノンビリした病院の助手らしい探偵小説の耽読者であった。従って相当の好奇心の持ち主らしく、ロスコー家の寝室に無断で侵入して、夫人の惨死体を発見したが、しかしさすがに屍体には手を触れなかった。そのまま浴室の横を抜けて、裏手の小使部屋に来てみると、かねてから顔と名前だけ知っている東作爺の姿が見えない。怪しんで付近の状況を調べてみると、東作の部屋に繋《つな》がっている呼鈴と、S市に通ずる電話線が切断されている。

そこでイヨイヨ好奇心を唆《そそ》られた弓削医学士は、なおもそこらを隈なく探検しているうちに、意外にもS岬の突端の岩山の上で、大の字型《なり》にグーグー眠っている東作爺を探し出したので、取りあえず揺り起こして倫陀病院に連行して、弱り込んだまま寝ているロスコー氏に付き添わした。だから東作老人はまだマリー夫人の死骸を見ていないし、死んだ事も気付いていないかも知れない……というのが倫陀病院の電話で、R市の警察へ報告された第一話であった。

対岸のR市から時を移さず水上署のモーター端艇《ボート》に乗って出張して来た蒲生《がもう》検事、市川予審判事、R市警察司法主任（警部）、巡査、刑事、警察医、書記等、数名の一行は、まず一名の刑事を倫陀病院に派してロスコー氏と東作老人の動静を監視させた。それからマリー夫人の屍体を調査すると、マリー夫人というのは西洋婦人としては小柄な方で、二十歳ぐらいに見える丸々と肥った、南欧式の肉感的な美人であったが、枕元の豆スタンドから引き離した黒絹の被覆コードをグルグルと首に巻き付け、乱れた金髪のカールを顔面一パイにヘバリ付かせた中から、青い両眼をクワッと見開き、白くなった小さい唇から、大きな赤黒い血の塊をダラリと腮《あご》の下へ吐き出し、薄い、青絹の寝衣を胸の処までマクリ上げたまま虚空を摑んで悶絶《もんぜつ》している状態は、トテモ凄惨で二目と見られた姿ではなかった。ロスコー氏がタッタ一目で仰天して気絶してしまったのも無理はないと思われた。むろん疑いもない電燈コードによる絞殺死体で、格闘の際の出来事であろう、舌の途中を大きく嚙み切っていることが間もなく警察医によって発見された。

なお薄青い寝衣の肱《ひじ》の曲がり目と、肩と、臀部《でんぶ》の真背後《うしろ》の処が破れているのが、猛悪な格闘のあった事を物語っているが、それよりも何よりも警官たちを驚かしたのはマリー夫人の肉体であった。西洋人には珍しい餅肌の、雪のように白い背部から両腕、臀部にかけて、奇妙に歪《ゆが》んだ恰好の薔薇《ばら》と、百合《ゆり》と、雲と、星とをベタ一面に入り乱れて刺青《いれずみ》して在った。特にコンナ事にかけては気の弱いのを特徴とする若い、美しい西洋人が、コレほどの刺青をするのに、どれほどの気強さと忍耐力を要したかを考えただけでも、身の毛が粟立つくらいであった。

これを見た係官たちはこの事件に対して今までにない一種異様な緊張味を感じたらしい。平常よりもズット熱心に捜査に従事した結果、いろいろな興味深い事実が次から次に判明して来た。

犯人の忍び込んだ処はロスコー家のバルコニーの真下に当たる重たい板戸で、俗に万能鍵と名付くる、専門の犯罪用具の中でも最も精巧なものを使用してコジリ開けたものである事が、鍵穴を解剖した結果判明した。それから犯人は玄関の内側に面した鍵の掛かっていない扉を押し開いて夫人の寝室に侵入し、寝台の上で夫人と格闘してこれを絞殺した以外には、一物も奪い得ずに逃走した事実……等々が、何の苦もなく推定されたが、ここに困るのはそれ以外の、室外に於ける犯人の行動がサッパリわからない事であった。

ロスコー家の周囲の松原には砂まじりの赤土の中から丸い石が一面にゴロゴロと露出していて、苔《こけ》があまり生えていない。そのために靴で踏んでも素足で歩いても足跡が全然残らないようになっていた。しかしその石のゴロゴロした松原の周囲は、岬の突端に在る松林続きの岩山を除いた全部が、真白い綺麗な石英質の砂浜になっているのだから、犯人がその岩山伝いに松原を潜って来て、帰りにもまたおなじ筋道を逆行しない限り、その松林の周囲のどこかの砂原に足跡が残っていなければならないはずであった。然るにその砂浜に残っている足跡といっては、対岸のR市から波際伝いに歩いて来た二人の沙魚《はぜ》釣り男のソレと、その前に郊外電車の停留場から、やはり海岸伝いに帰って来て、マリー夫人の死骸を見て仰天し、波打際でブッ倒れたままでのロスコー氏の靴跡を除いては何一つ発見出来なかった。してみると犯人は闇夜の海上伝いにどこからか泳いで来るか、または船を漕いで来て、岬の突端の岩山を越えて来たものでなければならないはずであるが、それは、余程この辺の地理に精通している上に、そうした潮《しお》時と潮先の加減を十分知り抜いていない限り、ずいぶん当てずっぽうな冒険的な遣り方で成功したものと考えなければならなかった。のみならず、その問題の岩山の上には、酔っ払っていたとは言えロスコー家の雇人の東作が寝ていたというのだから、話が何となく妙チキリンである。たとい東作を犯人として考えても、何となく辻褄《つじつま》の合わない処があるように考えられる。

そんな事が評議、研究されているうちに、間もなく正午過ぎになると、またまた異様なものが、このバンガローの中から次から次に発見されて、係官たちを面喰らわせた。

その第一は玄関の奥に、台所と隣合って設計されている浴室の立派な事であった。それはマリー夫人の寝床の下から発見された鍵束でヤット開かれたものであったが、超モダンな分離派式タイル張りの三坪ばかりの部屋の天井と四壁に、贅沢《ぜいたく》にも十数個の電球と、合計七個の大小の鏡を取り付けた馬鹿馬鹿しいとも形容さるべき構造で、ロスコー夫妻の頽廃《たいはい》的な趣味を露骨に裏書きしたものであった。

それから第二は寝室（犯行現場）の隣室になっているロスコー氏の書斎の一隅に在る粗末な木製の本箱を、一人の刑事が何気なく取り除いてみると、その向かい側の壁に塗り込んであるきわめて旧式の小型金庫が発見された事であった、その金庫は無論日本製のものであったが、その金庫を発見した刑事が、何かしら胡散臭《うさんくさ》いと思ったのであろう、持っていたマリー夫人の鍵束でコジリ廻して、出鱈目《でたらめ》にマリーと言う三字の片仮名の記号を引っかけてみると、偶然の一発当たりで開いた。その中の棚には一々薄紙に包んだ沢山《たくさん》の写真と、英文の美事な細字で認《したた》めた原稿ようの西洋型罫紙《けいし》の大部な綴り込みと、西洋式の刺青の道具を納めた大きな銀の箱とが重なり合っていたが、中にもその夥《おびただ》しい写真というのは全部、世界各国人の各階級を網羅したものらしい刺青の写真ばかりで、驚くべき事にはそれらの刺青の中に、新聞や雑誌で紹介されている各国の貴顕、名士、スター級の映画女優の顔がチラリチラリと混っているばかりでなく、さらにさらに驚くべき事には、マリー夫人その人の刺青、ロスコー氏自身、及びコック兼小使の東作の前身に相違ないと思われる若い日本人の顔と、その首から下に属する刺青とが各一枚宛、美事な印画紙に焼き付けられているのが発見された事であった。

その中でマリー夫人の刺青の図柄は前述の通りであるが、ロスコー氏自身のものは精密な西洋古代の海戦の単色彫り、また、東作のは吉原の花魁《おいらん》道中の図で、これはまたロスコー氏の分と正反対に暈《ぼ》かし、色彫り、化粧彫りなぞいう、あらゆる刺青の秘技を発揮した豪華版が、そっくりその通りに水彩顔料で彩色されたものであった。

こうした数々の発見は、さすがの事件に慣れた警官たちを少なからず面喰らわせた。最初は金品の紛失が一つも発見されない処から、単なる痴情関係から起こった事件ではないかという考えが、期せずして一同の頭に浮かんでいたらしかったが、こうした途方もない発見が次から次に出て来ると、その単なる西洋婦人殺しの裏面に潜んでいる事情が、何かしら複雑を通り越した、恐ろしく怪奇な、むしろ神秘めいたものではないかという感じが、一同の頭を次第に動揺させ始めたのであった。

一方には倫陀療養院から召喚された東作爺が、ロスコー家裏手の日本家自室で、厳重な取り調べを受けたのであったが、その申し立ての内容にも、相当に怪奇な分子が含まれていた。

東作の全身には、ロスコー氏の金庫の中から発見された写真と同様の刺青がたしかに存在していた。それはその撮影と彩色の技術が如何に巧妙な、かつ優秀なものであるかを事実に証明しているものであったが、本人自身はその背負っている刺青の威勢のヨサにも似合わず、ただもう恐れ入った篤実《とくじつ》そのもののような態度で、ビクリビクリと訊問に応ずるのであった。

「私は三十年ばかり前からコック兼掃除男として御当家ロスコー様に御奉公申し上げている者で御座います。お給金は毎月八十円を頂戴しまして、R市で玉突屋を致しております実の娘と大学生の養子夫婦に毎月六十円ずつ分けて遣りまして、残りの二十円を煙草代と酒代にしながら気楽な日を送っておりますような事で、貯金もただ今は二千円余り御座いますので、死んだ後の事なぞチットモ心配しておりません。

ただ今のロスコー様の御夫婦仲はまことにお宜しいようで……ことにお二人の中でも奥様のマリー様は見かけに寄らない気の強いお方で御座います。御主人が御心配なさるのを振り切ってコンナ淋しい所に地面をお求めになって、御自分のお好みの通りの家をお建てになって、タッタ一人でお留守番をなさるのですからエライもので、雪の降る日や雨風の日などは、遠い郊外電車の停留場から歩いてお帰りになる御主人様が、却ってお気の毒でなりません。そのような話を私から聞きました娘夫婦も驚いて感心しておりますような事で……また、御主人のロスコー様の方は万事にお気の小さい、優《やさ》しい一方の御方で御座いますが……それよりほかに御二方の日常の御生活につきましては、詳しく存じも致しませぬし、申し上げる事も御座いません。

昨夜はロスコーの若旦那様が私に『今夜はかなり遅くなる見込みだから戸締りを厳重にして早く寝なさい。表の玄関の合鍵は私が持って行くから裏口の締りだけ頼みます』と言ったようなお話で、そのままお出かけになりましたので、日が暮れると奥様にお夕飯を差し上げましてから直ぐに、この部屋に引き取りまして、久し振りに手酌でユックリと一杯飲んで寝ました。

ところが年寄りの癖で、夜中に小便に行きたくなりまして眼がさめますと、平生に似合わず頭が割れるように痛んでおりました。しかし白昼のようにいい月で御座いましたから、竹の皮の庭草履《ぞうり》を穿《は》きまして、裏の松原に出て用を足しますと、夕方の飲み残りの酒を持って松原を抜けまして、外海岸の岩山に登って、そこの草原で燗瓶《かんびん》の口から喇叭《ラッパ》を吹きながら、銀のように打ち寄せて来る真夜中の大潮を見ておりまするうちに、迎え酒が利きましたかして、またグッスリと眠ってしまったらしゅう御座います。そのうちに先刻の倫陀病院の代診さんに起こされまして、ロスコー様が海岸にブッ倒れて御座ったのを、タッタ今倫陀病院に担ぎ込んでいる。様子がおかしいから直ぐに介抱に来てくれと言われました時には、ビックリ致しました。……いいえ。まったくで御座います。マリー様がお亡くなりになりました事を聞きましたのは今が初めてで……何とも早申し上げようも御座いません。いつも奥様から励まされ励まされしてヤット会社へお出かけになっておりましたくらい気の弱いロスコー様が、あのようにお取り乱しになるのも御尤もな事で。

私はただ今、夜露に打たれましたせいか、身体中が骨を引き抜かれたようにカッタルう御座います。おまけに胸がムカ付いて眼がまわりますようで、口の中に腐《くさ》った樟脳《しょうのう》のような臭気が致しまして……コンナ気持ちは生まれて初めてで御座います。そんな次第で御座いますから、マリー様がお亡くなりになりました事に就いては、私はまったく何も存じませんので……ヘイ。それよりもロスコーの若旦那様の眼付が、今朝から少し変テコで御座いますので、そればかり心配致しております。お話の通りで御座いますなら、やはり心からマリー様のお亡くなりになった事を悲しんでお出でになるので御座いましょうか。お一人でおったら、何をなさるか解らない気が致しますが、大丈夫で御座いましょうか。ずっと前に香港《ホンコン》でマリー様との御婚約が破れそうになった時にも、ロスコー様はやはり、あんな様なヒステリーじみた御容態になられましたもので、私はこう申しますうちに何となく、気になって気になってたまらないので御座います」

そんな事を繰り返し繰り返し言いながら東作は白髪《しらが》頭をシッカリと抱え込んで考えている。そのほかロスコー家の過去に就いては何を尋ねても返事をしない。特に刺青に関係した事となると牡蠣《かき》のように口を噤《つぐ》んでしまう。刺青の写真を突き付けられても、冷たい眼でジロリと見たきり、頭を頑強に左右に振るばかりで、一言も洩らさない態度が、極度に野蛮な、反抗的なものに見える。……のみならずその昨夜というのは陰暦二十九日の暗夜で、月なんぞは出なかったはずなのに、白昼のような満月が光っていたというのが頗《すこぶ》る怪訝《おか》しい。なるほど大潮には相違なかったが、測候所に問い合わせるまでもない夜通しの曇り空で、月どころか、星の影も見えなかったはずだが……と何度念を押しても東作爺はただビックリした顔で、不思議そうに警官の顔を見まわすばかりである。しまいには頭が痛いせいか、面倒臭そうに眼を閉じて、

「それは旦那方が旧の暦日を御存じないからです。昨夜はたしかに旧の十五日に間違いなかったのです。たしかにマン丸いお月様が出ておりました」
と落ち着いて頑張る表情が如何にも真剣で、不思議であった。だから、とにかく現在の処では東作が一番怪しい。とりあえずマリー夫人殺しの嫌疑者として拘引してみようではないかという事に係官の意見が一致した。そうしてこの上は程遠からぬ倫陀病院に行って、直接ロスコー氏に就いて前後の事情を訊問して、何らかの手がかりを摑むよりほかに方法はないというので、係官の一行が、やがてロスコー家を引き上げて出かけようとしている処へ、今まで倫陀病院でロスコー氏に付き添っていた代診の弓削医学士が、白い服を着たまま息堰《せ》き切って転がり込んで来た。その報告を聞いてみるとまた、一大事である。

　最前からマリーマリーと連呼して泣きじゃくっていたロスコー氏が突然に静かになった。寝台の上に起き直って両腕をシッカリと組んで動かなくなった。僅《わず》かな間に見違えるほど物凄く瘠せ衰えた顔に両眼をジイッと据《す》えて、窓の外の青空を凝視したまま黙りこくっているうちに、その眼の色が次第次第に物凄くなり、真夜中のようにギリリギリリと歯を噛み鳴らし始め、突然、精神に異常を呈したらしく、そこいらに在る品物を取っては投げ……取っては投げするので、危なくて近寄れない。そのうちにタッタ今のこと、隙を窺《うかが》ったロスコー氏は哀れにもポケットからピストルを取り出し、自分の顳《こめ》顬《かみ》上部を射撃して自殺してしまった。今すこし早く精神異常者と認めて処置しなかった事を、院長初め非常に恐縮している……という話であった。

係官の一行は今更のように狼狽《ろうばい》した。まだ息を切らしている弓削医学士と一緒に現場に急行してみると、正《まさ》に報告の通りで、裏庭の外海に面しているロスコー氏の病室内は、額縁や、薬瓶、植木鉢、泥、砂礫、草花、その他の器物や硝子の破片が、足の踏場もなく散乱している中に、脳漿《のうしょう》が飛び散り、碧《あお》い両眼を飛び出さしたロスコー氏が、鮮血の網を引っ被ったまま穢《よご》れたピストルをシッカリと握って、寝台の上から真逆様に辷《すべ》り落ちている光景は、マリー夫人の死状にも増して凄惨な、恐怖的なものであった。

警察の捜査方針はここに於て五里霧中に彷徨《ほうこう》する事となった。出ない月を見た東作の陳述だの、事件の全体に因縁深く蔽い被さっているらしい英文の刺青に関する書類や写真だの、その説明の鍵を握っていたであろうロスコー氏の突然の発狂自殺など言う事実なぞを重ね合わせて考えてみると、蒲生検事を初め係官一同のアタマが、いつの間にか実際的な着眼点を見失って、探偵小説式な架空や想像、推理の渦《うず》巻きの中にグングン巻き込まれて行くのであった。全体に痴情事件らしく見えながら、半分は巧妙な窃盗犯の手口も加味されている。単なる他殺が単なる他殺でなく、単なる自殺が単なる自殺でない……と言った風に考えなければ、大変な間違いに陥りそうな気がして来たので、さすがに老練の蒲生検事もウッカリ断定が下せなくなった。類犯ばかりを標準にして判断を付けるのが習慣のようになっている刑事連中などは、ただもう面喰ってしまっていた。

これは到底吾々の手に合う事件じゃない。毛唐人の気持ちなんか吾々にわからないんだから……などと逃げ腰になる者さえいた。

　以上の報告を司法主任の警部から詳細に亙《わた》って聴取したR市警察の山口老署長も、やはり判断に迷ってしまったのであった。

　普通の場合だと検事に対する部下の不平なぞを聴いて遣って、シッカリ頼む……とか何とか激励するだけで、差し出た意見を付け加えたり何かしないのが、温厚を以て聞こえた山口老署長の本分みたような習慣になっていたのが、今度という今度ばかりは例外になって来た。……というのは丁度その時に県庁の特高課が、ロスコー氏の自殺を重視している事がわかった。確かな理由は不明であるが、ロスコー氏の行動はズット以前から極秘密に特高課の監視を受けていたものらしく、その自殺を聞知した私服の特高課、外事課員が二人、山口署長に極秘密で面会し、事件の真相を聴取したいと申し出た。その序《ついで》に……ロスコー氏の奉職している石油会社の本社でもこのS岬事件を相当重視しているらしい。R市支社の重役で日本語の達者なドラン氏が本日、知合いの特高課長の処へ出頭して、ロスコー氏の死因は自殺か、他殺か。本国へ打電する必要があるからごく内々で説明して貰いたい。東京の本社から人事係長（外人）と海軍大尉上がりの日本人重役の二名が本日午後の急行で東京を出発したと言う電報が来たから、その二名が到着しない前に真相が判明していないと自分の責任になる虞《おそれ》があるので是非説明して欲しい。さもなければ当市の裁判所の検事か警察署長に紹介して貰いたい……と言うので非常に鄭重《ていちょう》な態度で哀訴歎願して来た……と言う事実を外事課員が洩らしたので俄然、事態が二重、三重の意味で緊張して来た。さすがに着実温厚を以て聞こえた老署長も、これには少々狼狽させられた。さもなくとも正体の掴みにくい事件の真相を最大限二、三日のうちに片付けなければ、日本の警察の威信に関するのみならず、愚図愚図すると面倒な国際問題にまでも引っかかって行きそうな形勢になって来たので、ジッとしておれなくなった。

ところが幸いに最初からこのS岬事件に関係していた蒲生検事は、署長の同郷で、懇意な間柄だったので、そこに一道の活路が見出された。山口老署長は、やはりその夜のうちに極秘密で蒲生検事に面会していろいろと懇談を遂げた結果、とにかくその「刺青」なるものに就いて専門家の意見を聞いた上で、何とか方針をきめる事にしたら、どうであろう。いずれにしても、そんな奇怪な書類を中心にして、刺青をした人間ばかりが寄り集まっている点が不思議と言えば不思議である。しかも「刺青」の話に関する限り東作爺が頑として口を開かない処を見ると、そこに事件の秘密を解く鍵が隠れているのじゃないか……と言ったような事にアラカタ意見が一致したが、しかしR市のような比較的狭小な都市に刺青の研究家なぞいう者はいそうにない。むろん別にコレという程の心当りもないので、取りあえず、これも署長の小学時代の同窓として懇意なR大学の法医学教授、犬田博士を招いて、意見を聞いてみてはどうであろう……という事になった。

出張から帰ると間もなく、山口老署長から詳細の話を聞いた法医学教授犬田博士は、老境に及んで激務に従事している旧友の立場に、同情したものであった。

「それは丁度よい処へ来てくれて有難い。僕は今まで法医学研究の立場から、刺青に関する研究をやってみたいと考えているにはいた。刺青というものを各国別と各職業別の双方の観点から研究して整理する事は非常に困難な、同時に貴重な仕事で、現に僕も独逸《ドイツ》人と仏蘭西《フランス》人の著書を一冊宛持っているにはいるが、しかし君の話を聞いてみるとそのロスコー氏の研究こそは僕の理想に近いものではないかと考えられる。とにかくそのような熱心な刺青の研究家がこの付近にいる事はまったく知らなかったのだが、是非とも同行してそのロスコー氏の遺物である刺青の研究の書類を見せて貰いたいものだ」

と言うので即日、R警察署に出頭し、蒲生検事、市川予審判事、山口署長、特高課員、司法主任立会いの上で、R署に保管して在ったS岬事件の被害者マリー夫人と、自殺者ロスコー氏の屍体に残っている刺青のブロマイド写真を見せて貰って、きわめて念入りな比較研究を遂げた。次いで例のロスコー家の、日本製の金庫の中から出て来た書類や写真のそこここを拡大鏡で精細に覗きまわり、最後に刺青の道具を容れた銀の箱を開き、片隅に詰めて在る、小さなアルコールとコカインの中身を嗅《か》ぎ比べ、または舐《な》め、India Rabber と彫った小型の銀筥の中の青墨をコカインに溶いて手の甲に塗ってみるなぞ、相当時間をかけた熱心な調査の後に、胡麻塩《ごましお》頭をモジャモジャと掻きまわし、山羊《や》鬚《ぎひげ》を撫で揃え、瘠せこけた身体に引っかけた羊羹《ようかん》色のフロックコートの襟《えり》をコスリ直した犬田博士は顔を真赤にして謙遜した。

「この程度の説明なら、私にも出来ますが……」

とニコニコ顔で近眼鏡を拭き拭き一同に向かって咳払いをした。

「これはドウモ貴重な文献ですな。この書類は皆ロスコー氏の父君、M・A・ロスコー氏と、今度自殺されたというJ・P・ロスコー氏の合同の研究に係《かか》るもので、刺青の技術を主眼とした各国別と各職業別になっておりまして、恐らくこの原稿が出版されましたならば、世界有数の権威ある刺青の研究書になるであろうと信じます。

冒頭の序文に拠りますと、全体の約三分の二が父、M・A・ロスコー氏の蒐集写真と、その記述に係っており、後尾、約三分の一は子息、J・P・ロスコー氏の仕事という事になっております。各項の末尾に、それぞれ調査日付とロスコー父子もしくは篤志《とくし》な寄稿家の署名が添えて在ります。

なお序文に拠りますと、父、M・A・ロスコー氏は×国の化学者サア・ロスコー氏の近親で、有名な大政治家G卿と、その政敵のS卿の両氏から同時に信用されていた外交官だったそうです。そのM・A・ロスコー氏の足跡は西班牙《スペイン》、土耳古《トルコ》、智利《チリー》、日本、等々の一、二等書記官どころを転々し、最後に支那、香港の領事として着任しているようですが、その間に自分の趣味として手の及ぶ限り刺青に関する写真や文献を蒐集したもので、しかも自身に各地の刺青の技術者に就いて実地の研究を遂げ、結局、支那と日本の技術が世界的、最優秀である旨を、一々的確な例証を挙げて記述しているのですから、驚くべく真剣な研究と考えなければなりません。

一番最初に掲げて在る一枚は一八八六年に撮ったルーマニアの皇族フロリアニ伯爵とありますが、それから後に着手された調査が、今日まで約四十年の長月日に亙《わた》っておりまして、途中一九一九年に到って子息のJ・P・ロスコー氏が父の死により研究を引き受けた旨が記載して在ります。

問題の東作の刺青の写真は相当古いようです。日付は一九〇四年四月になっておりますし、刺青の手法は全然日本式で、しかも徳川時代の遺法を墨守していた維新後二十年以内の図柄ですから、東作は兎《と》にも角にも先代のロスコー氏を、よく知っているはずと思われます。

また息子のJ・P・ロスコー氏の屍体に残っている刺青は、左の二の腕に彫って在る分を除き、背部の全面がサラミス海戦の図になっておりまして、その古代船艦や、波濤や、空を飛ぶ神々の姿まで、非常に細かい線描になっているようですが、それがどこまでもムラのない黒一色でボカシも何もない。その細い線の断続の工合から見ても、明らかにコカインの使用法を知らない、外国でも旧式の手法に属するもので、事によると父、M・A・ロスコー氏が練習のために自身で施術して遣ったものではないかという想像が可能のようです。

それからその次に非常に面白い事があります。それは外でもありません。自殺したJ・P・ロスコー氏の左の二の腕に在る刺青と、マリー夫人の全身のソレとは全然手法が一致している事です。もっとも図柄は全然違います。ロスコー氏の左腕のは、錨《いかり》と海蛇を組み合わせた、海員仲間にありふれた種類のものです。これに反してマリー夫人のは優しい花や星なぞですが、いずれも局部を麻痺《まひ》させるためにコカインを使用したものらしく、ロスコー氏の背部のソレよりもかなり濃厚、明確な線を用い、図形が近代画の手法で歪《ゆが》められておりまして、雲や星なぞ、後期印象派の匂いの高い曲線や不整直線を用いている点が共通している処を見ますと、夫人の肉体に対する若いロスコー氏の変態恋愛、もしくはマリー夫人のロスコー氏に対するマゾヒスムス傾向の両者が生み出した要求のあらわれではないか。その結果こうした若い西洋婦人としては稀有《けう》の施術が行なわれたものではないかという事実が推定されるように思います。要するにロスコー氏の左腕の刺青はマリー夫人に施術する前に、ロスコー氏が試験的に、最近式のコカイン墨の使用法を研究してみた物ではなかったでしょうか。

なお、以上の事実を確かめるために、目下拘留中の東作老人に一度、面会させて頂く訳に行かないでしょうか。私が特別に自身で質問してみたい事がありますから」

蒲生検事、市川判事、山口署長以下、皆、こうした犬田博士の説明を聞いているうちに一旦、事件の表面を被うている不可思議な悪夢から呼び醒まされて、さらにまた、今一度、一層恐ろしい悪夢の中に突き落とされたような気がしたという。そうして皆、今までまったく世に知られていなかった犬田博士の頭脳の偉大さを初めて知って、驚愕《きょうがく》しかつ尊敬し始めたもので、この事件に限って犬田博士をモウすこし自由に活躍させてみたくなったと言う。

署長室に引っぱり出された東作爺は、もうかなりの高齢らしかった。しかし若い時分に相当の苦労をしたらしく、石油会社の印絆纏《しるしばんてん》と股引《ももひき》に包まれた骨格はまだガッシリとしていて、全体に筋肉質ではあるが、栄養も普通人より良好らしく見えた。手錠をかけられたまま観念の眼を閉じて、犬田博士と正対した椅子に腰をかけさせられると、気力の慥《たし》かなスゴイ瞳をあげて、博士の顔をジロリと見るとまたヒッソリと瞼を閉じた。その豊富な角刈の銀髪と、ブラシのように生やしたゴリラ式の狭い前額と、太い房々とした長生眉と、大きく一文字に閉じた唇《くちびる》を見ると、成る程これならば嫌疑の掛かるのも無理はないと考えられそうな野生的な、頑固一徹の性根をあらわしていた。

しかし犬田博士は平気であった。その東作爺のモノスゴイ視線を、博士一流の柔和な、親切そうな微笑でニッコリと受け流しながら、朝日を一本付けて一文字の口に啣《くわ》えさしてやった。それから自分も一本火を点《つ》けて啣えながら、今一度ニッコリとして椅子を進めた。

「爺さん。御苦労だったね。お前に罪のない事は僕が知っているよ。だから今となっては何もかも洗い泄《ざら》い話した方がよくはないか。その方が娘さん夫婦のためになると思うがどうだね。ロスコー家の秘密を何もかも話してくれないかね。ロスコーさんは、あれから直ぐに自殺してしまったんだからね」

博士の言葉が終わらないうちに、東作老人が口に啣えてスパスパ美味《うま》そうに吸っていた煙草をポロリと膝《ひざ》の間へ落とした。ロスコー氏の自殺を知って、よほど驚いたらしく、顔色を見る見る青くして、顔面筋肉をビクビクと痙攣させた。シッカリ閉じた両眼から涙をハラハラと流してうなだれると、前より一層固く口を閉じてしまった。その態度を見ると犬田博士は、なおも一膝すすめた。

「なあ東作爺さん。ロスコー家は先代のお父さんからして非道《ひど》い刺青キチガイであったが、今の若いロスコー君も、先代に一層輪をかけた刺青キチガイだったのだろう。それがいつの間にか奥さんのマリーさんに伝染してしまったが、お前は一切そんな事をロスコー夫婦に口止めされていたんだろう。お前はちょうど日露戦争ごろに先代のロスコーさんと知合いになって、それ以来ずっと、ロスコー家に奉職していたんじゃないか。その先代にも、お前はやはり刺青の事を口止めされていたので、お前はロスコー家にいる限り、娘夫婦の幸福のために、ロスコー家の秘密を喋舌《しゃべ》らない事にきめていたんじゃないか。まだまだ詳しい事が、スッカリ調べが付いているんだから隠したって無駄だよ。……お爺さん……」

東作老人はここまで言って来た博士の言葉のうちに太い溜息を一つした。司法主任から啣え直さして貰った朝日を吸い吸い、嗄《しゃが》れた、響きの強い声でギスギスと話しだした。マン丸く開いた正直者一流の露骨な視線を、犬田博士の真正面に据えながら……。

「ヘエイ。かしこまりました。ロスコーの若旦那様がお亡くなりになりましたのは、やっぱりまったくなんで……ヘエ……それなら致し方ござりません。何もかも白状致します。ヘエイ……。

私はこう見えても江戸っ子で御座りまして、本籍は神田の――町――番地と言う事になっております。あの辺で名高い八百久の料理番の子に生まれまして、そのまんま若い時分から親の真似ごとをして八百久の大将に可愛がられておりましたもので……ヘイ。ところがでございます。人間てえものは腕がすこし出来て参りますと……どうも……そのへへへ、ちっとばかし慢心致しまして、世話講釈の文句通りに飲む、打つ、買うの三道楽で、日本にいられなくなりましたので、一つ上海《シャンハイ》へ渡って、チャンチャンと毛唐の料理を習って一旗上げて遣《や》ろうてんで、日清戦争のチョット前ぐらいで御座いましたか。上海へ渡る積りで船へ乗りましたのが、間違って香港へ着いてしまいましたので……ヘエ。私が船を間違えたのか、船が私を間違えたのか、そこん処がハッキリ致しませんが、とにかく香港へ下されちまいましたので弱りました。

ところが世の中てえものは妙なもので、何が仕合わせになるものかわかりません。その支那へ出立しがけに、先へ着いてからチャンコロと間違えられねえ用心にと思いまして、横浜の彫辰《ほりたつ》って職人に頼んで、御覧の通り見っともねえ傷を身体中に付けて貰っておりましたが、そいつが香港で物を言いまして、いい加減な悪党と見られたもので御座いましょう。ちょっとした料理屋の下まわりに落ち着きましたような事で……ヘエ……。

ところがまた、持って生まれた因果とでも申しましょうか。チャン料理とバタ料理が手に付いて来てイクラか名前が知れるようになりますと、またもや前に申しましたような三道楽の虫がムクムクと動き始めましたもので……ことにアチラの道楽と申しますと御承知の通り日本のとは違ってアクの利き方が段違いなんで……とてもアクドイ無茶苦茶なものですから一たまりもありません。間もなくモノスゴイ地獄みてえなインチキ賭《と》博《ばく》に引っかかってスッテンテンにされてしまいましたので、口惜し紛れにその賭場のテーブルの上に引っくり返ってくれました。そのインチキのネタを滅茶滅茶にバラしてくれましたが、何しろ多勢に無勢ですから敵《かな》いません。十何人の毛唐や支那人を相手に大喧嘩を致しました揚句、半殺しにノサレたまんま、その賭場の地下室に投《ほう》り込まれてしまいました。

ところがまた、これこそ天の助けというもので御座いましょうか。変わったお方があればあるもので、かねてから刺青の研究のために姿を変えて、その賭場へ出入りして御座った香港領事のロスコーの大旦那が、大金を出して私の生命《いのち》を買って下すって、お宅の料理番にして下すったもので……ヘエ。これが御縁というもので御座いましょうか。私もソレッキリ観念致しまして、一生涯このロスコーの大旦那様に御奉公をさして頂く覚悟をきめたもので御座います。もっともロスコーの大旦那は、横浜の彫辰の仕事ぶりについて私にいろいろとお尋ねになったアトで、私の刺青の写真を撮っておしまいになると、お前にはもう用はない。出て行ってもいいってんで、日本へ帰る旅費まで下すったんだが、しかし、どうも一旦、思い込んだら動きの取れないのが私の性分で……私には今一つにはそのころ五つか六つぐらいでしたろうか、そのお嬢さんのマリーさんて仰言《おっしゃ》るのがスッカリ私に狃染《なじ》んでしまってトオトオ、トオトオってお離しにならないんで、どんなに泣いてお出でになっても私が背中の黥《いれずみ》を出してお眼にかけると直ぐにお泣き止みになるくらいなんで、ツイずるずるベッタリになりましたようなわけで……ヘイ。

自殺をなすった若旦那のロスコー様は御養子でげす。そのころ、領事館のセクレタリとかいうものを遣ってお出でになったゼームスさんてえ方で、C大学を出なすった学生さんだそうで、絵がお好きな処から、先代のロスコーさんに可愛がられなすって、刺青の写真の色付けを手伝っていなさるうちに、だんだんと刺青が面白くなって来たとか言うお話で御座いましたが、このゼームスさんに、お嬢さんのマリーさんがベタ惚れなんで、とうとうロスコーの大旦那が顔負けしちゃって、お二人の関係を御承知なすって、退《の》っ引きならない先口をみんな断わっておしまいになったというお話で御座いましたが……ところが旦那の前でげすが、西洋人の惚れ方ってえものはヨッポド変挺《へんてこ》でネ。可笑《おか》しゅうがすよ。惚れ合えば惚れ合って来るほどキチガイじみて来るようで、お父さんがお亡くなりになってから若い御夫婦でコチラへお引越しになると、二《ふた》アリがかりでいろんな道具や材料を仕込んで来て、S岬のお屋敷にアンナ湯殿を作り上げて、何をなさるのかと思うと（中略）おかしくって見ちゃいられませんでしたが、これも先代様への御恩返しのため、また一つには娘夫婦のためと思って、我慢して御奉公を致しておりましたような事で……ヘイ。

娘と申しますのはただ今R市で玉突屋をやっております、今年二十五の香港生まれで、親の口から申しますのも何で御座いますが、死んだ母親に似たシッカリ者で御座います。亭主と申しますのは娘より一つ年下で、今にS・L病院の医者になると申しましてR大学の四年生で勉強致しております。その養子の話によりますと、御存じか知りませんが、このS岬のマリーさんと申しますのは、愛蘭《アイルランド》人のお袋さんの血を受けているので御座いましょう。このR市中の学生さん仲間では大評判の別嬪《べっぴん》なんだそうで、大学生は申すまでもなく、生意気な中学生までが日曜になると、よく学校のボートを漕ぎ出して、このS岬へ着けてゾロゾロ見に参りましたもので御座いましたが、そのたんびに追い払うのは私の役目で、中学生なんぞは丸で野良猫みたいにウルサイ奴ばっかりで御座いました。どうかするとロスコーの若旦那と奥さんが差向かいで御飯を喰べている窓硝子を、カーテンの外からガタガタゆすぶる奴なんかおりましたが、そんな時に腹を立てて真先に飛び出すのは、若旦那でも私でも御座いません。いつもマリー夫人なんで、そりゃあトテモ気の強い方で御座いました。どうかするとキチガイみたいになってピストルを持ち出して、女だてらに海岸を逃げて行く学生に向かってブッ放した事もありましたが、その奥さんのピストルがまたなかなかの名人らしゅう御座いましたよ。香港でよく射撃の会か何かに出かけなすって、大きな銀のカップを取って御座った事なんかあるくらいでしたから、相当お得意だったので御座いましょう。逃げて行く学生の足元を射って、砂を学生の頭から引っかけたり、浪打際に揺られているボートの梶の金具を射ち離したりなさるのには驚きました。学生たちもソンナ事で肝を潰《つぶ》したと見えてダンダン冷やかしに来なくなりましたが、そんな事のあるたんびに、ロスコーの若旦那は真蒼になって食卓にヘバリ付いてガタガタ震えて御座ったもので、丸で話がアベコベで御座いました。嘘言のようで御座いますがマッタクなんで……ヘイ。そんな調子で御座いますから、ロスコーの若旦那が自殺さっしゃったのは、タヨリにして御座った奥さんがなくなられたのを心から力落としになすったせいだろうと思いますが、飛んだ事になりまして……何もかも私がウッカリ致しておりましたために、取り返しの付かぬ事になってしまいまして、先代のロスコー様に合わせる顔も御座いません。

ただ一つ不思議なのはあの晩が月夜だった事で御座います。あの時には旦那方から『月が出ているはずはない』とヒドクお叱りを受けましたが、それから後、この留置所へブチ込まれまして、窓の眼隠し越しの三日月様を見て、指を折ってみますと、たしかにあの晩は闇夜だったはずなんで……ところがまた、あの晩に私があの松原の中で松の葉越しにマン円いギラギラ光るお月様を見ました事も間違い御座いませんので、それが夢でない証拠には、私のような老人が、あの真暗闇の松原の中を何にも引っかからずに通り抜けて、かの危なっかしい岩山の絶頂に登って寝ていたので御座いますからね。飲みさしの燗瓶もそこにちゃんと立っていたのですから、月あかりを便りにした事は間違いないと思いますので……こればっかりは不思議で不思議で仕様がないので御座います。

いいえ。どう致しまして。この年になるまで寝呆けた事なんかただの一度も御座んせん。寝言一つ他に聞かれた事がねえんで……不思議と言ったってコンナ不思議な事は御座んせん。それに翌る日のくたびれようと、頭の痛み加減がまたいつもと変わっておりましたようで、口の中の変テコな臭いと味わいが丸で大病をしたアトのようで、ここへ入ってからも飯が咽喉《のど》へ通らないくらいで御座いました。ヘイ。二日酔いの気持ちとは丸で別なんで……ヘイ。勿体ない大恩人のお子さん御夫婦を殺すなんて大それた事を何で致しましょう。ロスコーさんの御夫婦には相当の財産が在ったには違い御座んせんが、それがどこにどうして在るのやら私とは関係も御座んせんし、知りも致しません。

私は今年七十一になりますが、そんな事をして娘や養子の一生涯に泥を塗るのが、どんなに馬鹿馬鹿しい、算盤《そろばん》に合わない話かわからないほど耄碌《もうろく》いたしてはおりませぬ積りなんで……ヘイ。どうぞ真平、御勘弁を……」

物語を終った東作爺が、煙草をモウ一本吸わして貰って、熱いお茶を一杯御馳走になってから署長室を出て行くと、署長は心持ち赤面しいしい事件全体についての意見を、犬田博士に問うてみた。それにつれて列席していた判検事、特高課員、司法主任の連中も、犬田博士の意見に対して敬意を払い始めたらしく、眼を輝かして固唾《かたず》を呑んだ。

しかし犬田博士はこの時に、まだ多くを言わなかった。

「これは案外平凡な事件かも知れませんな。……とにかく御差支えのない限り、御都合のいい日に、今一度現場を見せて頂けますまいか。今些《すこ》したしかめて見たい事もありますし、何か御参考になる事が見付かるかも知れませんから……」

「そうすると何か犯人に就いての御心当たりでも……」

と横合いから司法主任が口を出した。熱心な司法主任は、犬田博士と東作の問答を傍観しているうちに、この事件に対する気分がスッカリ転換して、全然別の新しい観点から頭を働かせ始めたらしい。鋭い生々した瞳を輝かしていた。

しかし犬田博士は結論を急がなかった。思索を整理するかのように眼を閉じて頭を振った。

「いや。まだ判然《はっきり》しません。ただこれは今の東作老人の初対面の印象を、医学上から来た一つの仮想を根拠として申し上げる事ですから、無条件でお取り上げになっては困るのですが、今の老人はドウモこの事件に関係はないようです」

「その仮想の根拠と仰言《おっしゃ》るのは……」

と司法主任が、すこし鋭く突っ込んだ。けれども犬田博士は依然として落ち着いていた。キチンと椅子に腰をかけたまま、軽い謎のような微笑を浮かべただけであった。

「東作が晦日《みそか》の夜に見た満月です」

その翌日は二百十日前の曇天で、外海も一続きのトロ凪《な》ぎであった。

犬田博士、蒲生検事、市川判事、山口署長、司法主任、私服特高課員二名のほかに、いち早くこの事件を嗅ぎ付けて来た新聞記者一名を乗せた自動艇《モーターボート》が、R市の埠頭を離れて、なだらかな内海の上をグングンとS岬へ接近して行った。因《ちなみ》に前記の特高課員二名はこの事件に新聞記者を立ち入らせるのを非常に嫌っていたが、その記者を信用している犬田博士と山口老署長が新聞に一行も書かせない事を保証して、辛うじて同乗を承知させたものであった。一つにはその記者の感情を害すると、どこかで手酷しい報復をされる事を、一同が恐れているせいでもあったろう。

S岬に到着するまでに犬田博士は、S岬の地理と、ロスコー家の間取りを、参謀本部の五万分の一の地図と、司法主任の見取図を参考にしながら、出来るだけ詳細に亙って聴き取った。

犬田博士は運転手に頼んで自動艇をS岬の突端に在る、問題の岩山の根方に着けて貰って、一行をそこから上陸して貰った。それから自身は東作が浪を見ながら酒を飲んだという岩山の上の草原に立って、ほとんど暗夜と変わらないくらいに濃い、分厚い黒硝子を張った飛行眼鏡をかけた。四方を注意深く見廻すと、自分一人で危なっかしい岩角を辿《たど》って水際まで降りて行った。それから腰を高くしたり低くしたりして、足場を探り探り岩山の周囲を探検するうちにヤット満足したらしく、眼鏡を外《はず》して一行を手招きした。それから今一度、黒眼鏡をかけて、ゴロゴロ石ばかりの松原の中をスタスタと、ロスコー家の裏手に在る東作の居室まで来ると、扉の内側を念入りに調べていたが、またも満足したらしく軽いタメ息をして汗を拭いた。

「戸締りをした形跡がない。引っかけの輪金がボロボロに銹《さ》びている。東作は毎晩、戸締りをしないで寝ていたものですね」

司法主任がうなずいた。一同が犬田博士を取り巻いた。

「この家からあの岩の岬まで真暗闇の中を歩いて来るのは決して困難じゃありません。この黒松の間のゴロ石の上を比較的広い隙間がズット向こうまで行き抜けております。この眼鏡をかけて御覧なさい。これは僕が眼鏡屋に命じて作らせた新発明品で、夜中に起こった事件を昼間調べる場合に応用しますと、かなり微妙な働きをするのです。ハハハ。イヤ。特許を受けるほどの物でもありませんが。御覧なさい、肉眼ではちょっと見えませんが、これを掛けるとわかります。あの岩山からこっちのゴロ石へかけて、心持ち白く光っている道筋が見えましょう。これは人間の通ったアトの僅《わず》かの磨滅の重なり合いがそう見えるので、平生誰も行かないこっちの便所の裏の松原には、そんなものが見えないでしょう。この磨滅は岩山の向こうの岩だらけの波打際まで続いているので、こうした微妙な天光の反射作用は、昼間は却ってわからない。闇黒が深ければ深いほどハッキリして来るものです。つまり東作老人はもとよりの事、ロスコー家の人々は昼間、夜間を問わず、何度となくあの岩山に登って、向こうの波打際まで降りて行った事があるので、眼を閉《つ》むっても本能的なカンで通り抜けられるくらい、慣れ切った道になっているのでしょう。東作老人は、それを忘れているものですから、真の闇夜にこの松原を抜けて、あの岩山に登るのは不可能だと信じ切ってアンナ事を言うのです。

こうした点を、よく注意して考えてみますと、東作老人はその事件当夜に麻酔をかけられていた者ではないかという疑いが可能になって来るようです。脳髄の機能をここで説明すると時間を取りますが、東作は相当の酒飲みなので、十分……十二分の麻酔をかけた積りでも、半分ぐらいしか掛かっていない事が医学上あり得るのです。半醒半睡の時には、よく東作のようなハッキリした月や太陽を見たり、半自覚的な夢中遊行を起こしたりする事があるのです。東作自身の翌朝の心身の疲労、倦怠、頭痛、口中や鼻腔《びこう》の異臭、不快味なぞは皆、こうした推理を裏書きにしている事になりますので、結局する処、東作の夢中遊行……晦日の闇夜に見たという満月や、銀色の大潮浪なぞいうものが、東作自身の現場不在証明になって来ると同時に、犯人の手口に関する有力な手がかりを証明していると思います。

ですから犯人は多分ロスコー氏の留守を狙っていたものでしょう。この部屋に酔って寝ている東作を麻酔させて置いて、軒下の漆喰《しっくい》伝いに足袋《たび》でも穿《は》いて玄関へまわれば、足音も聞こえず、足跡も残りません。万一過ってマリー夫人に騒がれるような事があってもタカが女一人……という犯人の心算《つもり》ではなかったでしょうか。もっともこれはまだ、僕の臆測の範囲を出ていない話ですが……」

犬田博士の話の切目を待ちかねていた司法主任が、多少の興奮気味に佩剣の覇《つか》を引き寄せた。

「……そうすると……先生のその臆測では……その犯人は麻酔剤を使用し、万能鍵を持っている奴ですから……相当の奴ですね」

犬田博士は軽く手を振って笑った。

「ハハハ。イヤ。まだ部屋の中を見ないのですから結論を付けるには早過ぎます。目下の処、確定しているのは東作が犯人でないことと、犯人らしい奴が麻酔薬の使用に狃《な》れている事と、この二つだけです。しかしソンナ犯人が、この方面へ立ち廻った形跡があるのですか」

司法主任はちょっと返事を躊躇《ちゅうちょ》して署長の顔を見た。署長は鷹揚にうなずいた。

「フウム。彼奴《きゃつ》とするとチット立ち廻り方が早過ぎるようじゃがなあ。この家の周囲や、出入りの模様を研究するだけでも一週間ぐらいかかるはずだが……彼奴だとすると……」

「ちょっと待って下さい」

犬田博士はすかさず手を揚げて制した。

「もうすこし犯人に関する証跡が上がるまで待って下さい。最後まで研究してみて、その犯人にピッタリ来るかどうかが問題なのですから……指紋は一つもないでしょう……どこにも……」

署長が無言のまま眼を丸くして犬田博士の顔を見た。同時に司法主任がハッと強直した。そうして二人とも子供のような犬田博士の顔を凝視したまま点頭《うなず》いた。それは犯人が決定しかけている直前の緊張した、感激に満ち満ちた瞬間であった。

アトから聞いた処によると、この事件の終始を通じてこの時ぐらい署長と司法主任が度肝を抜かれた事はなかったと言う。もちろん犬田博士は、まだこの家の内部を一度も調べた事はなかったが、一番最初に署長の話を聞いた時から指紋が一つも残っていない事をアラカタ察していたので何気なくこう言ったものであったが、この時に署長と司法主任の警部の想像に浮かんでいた犯人の特徴の一つとして、手配されて来た書類の中に「如何なる場合にも指紋を残さず」と言う一項が特筆されていたので、その点不意討ち式にズバリと言い当てた犬田博士の言葉に、二人ともほとんど神に近い敬意を感じたという。

続いて犬田博士は数人の専門家が鋭い眼を光らしている前で、犯人の侵入路と確認されている玄関の扉を調べたが、何も新しく得る処がなかったので、直ぐ横の寝室の扉の前まで来た。

「この扉には万能鍵を用いた形跡はありませんね」

予審判事と主任警部が同時にうなずいた。犬田博士もうなずいて微笑した。

「マリー夫人はロスコー氏が持って出て行った玄関の鍵一つで安心して、この扉には鍵を掛けずに眠っていた訳ですね。マリー夫人は、そうした点まで気が強かった……極端に言うと女らしくない程度にまで大胆不敵な男優《まさ》りであったとも考えられるようですが……どんなものでしょうか」

今度は予審判事と特高課の二人が同時にうなずいた。予審判事は静かに言った。

「夫人の寝台の下に在った鍵束には、この扉に合う鍵が二つ在りました。しかしロスコー氏の遺骸のポケットから発見された鍵束には、この扉の鍵がなかったのです」

そうした説明を聞いているうちに犬田博士は、その寝室の扉をピッタリと閉めて、鍵穴から内部を覗《のぞ》いてみた。そうして自分の跪《ひざまず》いた膝小僧の正面に当たる扉の青ペンキ塗りの表面に見当をつけて指紋検出用のアルミニューム粉末をしきりに撒《ま》きかけていたが、やがて犬田博士の膝よりもすこし下部に当たる処から、不等辺三角形に重なり合った、荒い皮膚の褶紋《しゅうもん》を発見すると、さすがに嬉しかったと見えて、真赤に上気した額の汗を拭き拭き一同に指示した。

「この犯人は、やはり日本人ですね。日本人でない限り膝小僧を露出する犯人はいないはずですからね。しかしかなり背の低い奴と見えて、しゃがんでこの鍵穴を覗く拍子に過ってコンナ処に膝小僧を押し付けたのです。多分本人は無意識の中に忘れてしまっているだろうと思いますが……」

署長も太いため息をしいしい安心したように汗を拭いた。蒲生検事をかえりみて言った。

「これだからR市にも鑑識課を一つ置いてくれと僕がイッモ言っているんだよ」

一同ソレゾレに同感らしく首肯《うなず》いた。

そのうちに犬田博士は寝室に入った。屍体を除いた以外の情況はその当時のままになっている寝台の上下左右を詳細に調べた後に、検事をかえりみて言った。

「その当時に使用した電燈のコードは、この寝台の下に転がっている豆スタンドのものでしたかね」

横合いから司法主任が引き取って答えた。

「そうです。ここに持って来ております」

と言ううちに自身で掲げて来た中くらいの箱鞄の中から新聞包みのコードを取り出した。

「そのコードの、犯人が手で握った処の折れ曲がりなぞもその時の通りですか」

「そうです。その点を特に注意して保存して置きましたが……」

犬田博士の顔に言い知れぬ満足の色が浮かんだ。

「それはどうも結構でした。一寸《ちょっと》拝見……」

と言ううちに犬田博士は鄭重な手付でコードを受け取ったが、直ぐ司法主任を振り返った。

「これは一巻き巻かっていたのですか」

「イヤ二巻きです。御覧の通りマリー夫人が吐血した血が三か所に付着しております。その血痕《けっこん》のピッタリ重なり合う処がマリー夫人の首の太さになっておりますわけで……」

「いかにも……成る程。してみると犯人はマリー夫人が眠っている間にソッと二巻き巻いて置いて、突然、絞殺に掛かった訳ですね」

「そうです……ですから計画的な殺人と認めているのですが……」

犬田博士は調査を終わった寝台の端に片足をかけて、足首の上の細い処へ、そのコードを二巻き、巻き付けた。犯人の力で折れ曲がった処を、その通り摑んだままギューと絞めてみた。そうしてコードにコビリ付いている血痕の三か所の中心が、完全に重なり合う処まで来ると、緊張した表情のまま検事をかえりみた。

「……この犯人は、やはり小男ですね。このコードの折れ曲がりを起点とした力の入れ工合を見ると、肩幅が普通人よりも狭いようです。東作老人もロスコー氏も肩幅が並外れて広いのですからね。ほかの西洋人は勿論のこと、日本人でもコンナに狭いのはまず珍しいでしょう」

「どうして麻酔剤を使わなかったでしょうか」

と蒲生検事が質問した。犬田博士は苦笑いしいしい頭を搔《か》いた。

「さあ。その点は私にもわかりませんがね。恐らくはこの事件の中では一番デリケートな処でしょう」

それから犬田博士は寝室の上にかけて在った羽根布団《ぶとん》をめくってシーツの表面に残る隈なく拡大鏡を当てがってみた後に、署長と、検事、判事、司法主任を招き寄せた。ズボンのポケットから洋服屋が使うチャコを抓《つま》み出して、四人の眼の前のシーツの上に大きな曲線を描き始めた。

「御覧なさい。ここがマリー夫人の頸部に当たる処です。口から腮《あご》へ伝わった血液がここに沁み付いております。それからこの黄色の斑紋は死後に放尿した処で、この二か所を基点として、死体の最後の位置を描いてみますと、コンナ形状位置になりましょう。つまり西洋婦人として幾分小型ですが、日本の普通の男子よりもすこし大きいくらいの体格です……ね。そうだったでしょう。

ところでこのマリー夫人の臀部《でんぶ》の向かって右側のここにきわめて淡い黄色の斑点があらわれております。これは事件直後には誰にも気付かれていなかったものが、この数日のうちに空気に触れて変色、現象されたもので、マリー夫人の或種の体液が、格闘の最中にどうかして犯人の露出した右の膝頭に触れたものが、この個所に力強く押し付けられていたのを、犯人も気付かずにいたものと考えられます。それからこっちの裾《すそ》の方に在る二つの薄黒い斑紋は形状から見て、犯人の足袋《たび》の爪先に付着していたホコリの痕跡と思われますが、これも相当に力強くプレスされたために辛うじて残っているので、肉眼ではほとんど見えません。この右の膝頭と爪先の寸法から目測してみますと、犯人が五尺あるかなしの小男である事がわかります。いずれ帰ってから本式に計算した書類を差し出しますが……」

と説明しながら犬田博士はポケットから小さな巻尺を取り出して、薄黄色と薄黒の二つの斑紋間の距離を測定して手帳に記入した。

山口老署長は喜びに堪えないかのように額を輝かしながら傍の司法主任の警部をかえりみた。

「ヤッパリ彼奴だね」

「そうです。間違いありません」

と警部も満足らしくうなずいた。

「指紋を一つも残しておりませんので万一、彼奴じゃないかとも思っておりましたが……」

「ウムウム。しかし彼奴はコンナ無茶な事を決してせぬ奴じゃったが……それに物を一つも盗っておらん処が怪訝《おか》しいでナ」

「そうです。そのお蔭で捜査方針がまったく立たなかったのです。イヤ、助かりましたよ」

「君らの方で東作老人を拘留してくれたんで、これだけの緒が解けて来た訳だね。東作が晦日《みそか》の満月を見てくれないと、一番有力な手がかりになっている麻酔の一件が、まだ摑めないでいる訳だからね。ハハハ、イヤ。お手柄だったよ」

と蒲生検事が慰めた。真赤になった山口老署長が帽子を脱いで汗を拭《ふ》いた。

「この膝小僧の褶紋を本人のと合わせて御覧になったらイヨイヨの処がわかりましょう。指紋と同じ価値があるのですから」

司法主任の警部は検事、判事、署長と何事かヒソヒソと打ち合わせているうちに、大急ぎでロスコー家を出て行った。それは時を移さず手配をするために、倫陀病院の電話を借りに行ったものであった。

しかし犬田博士の活躍はまだ終わりを告げなかった。

それから犬田博士は二人の特高課員と協力してロスコー家の内外を隈なく捜索した。その結果、浴室の天井裏のタイルの裡面から、重要な機密書類を夥《おびただ》しく発見したそうであるが、その内容は知る由もない。ただその後の調査によって、その時までロスコー家に掛けられていた国際スパイの嫌疑に関する主犯者は他ならぬマリー夫人に相違ないことが確認されたという。すなわちマリー夫人は、その美貌と刺青とを利用する親譲りの国際スパイであった。その背部に施して在る刺青の中で、普通よりも引き歪められている部分を直線で連絡してみると、一つの旧式要塞の図になっていて、星は望楼、花は砲台、雲は森林として配置されている事が判明した。同時に夫のロスコー氏はその従犯で、夫人の命令のまにまに与えられた地形図を図案化して刺青する技術師に過ぎなかった。また、雇男の東作は、そんな事を全然知らなかったらしく、ロスコー夫婦の常識を超越した変態恋愛遊戯に閉口させられながらも、先代以来の恩を思って一途に忠義立てをしていた者であった事がその後、数次の取り調べによってヤット了解された事を付記し得るのみである。そうしてそのような事実が、この事件の本質的な興味とは全然、無関係なものであった事も、冒頭に述べた通りである。

なお、犬田博士はこの時に、自分の研究の参考資料として、ロスコー家の刺青研究に関する書類を、事件に直接関係のない部分だけ貰い受けたいと申し出たが、それは犯人の就縛後、一年半以上経過してから許可された。そうして惜しい事に、この間のR大学、法医学部の怪火事件の時に焼失してしまった事をあわせて付記して置く。

犯人はやはり犬田博士の推測通りの、五尺一寸足らずの小男であった。S岬事件の起こる二週間前に、相当遠距離に在る刑務所を出ると間もなく、各地を荒らしまわったために、R市方面へも手配されていたマヤクの音（本名堅村音吉三十七歳）という前科数犯で、家人に麻酔をくれて、騒がれない用心をして金品を奪うのを専門にしている有名な兇賊であったが、S岬事件後、六か月ほど経って、R市から百哩《マイル》ばかり距《へだ》たった大都市の遊廓で、古い狃染《なじみ》の女と遊興中、同市の敏腕な刑事に怪しまれて逮捕されたものであった。

その時の自白によると音吉は、R市の某饂飩《うどん》屋で天丼《てんどん》を喰っているうちに、嘗《かつ》てマリー夫人を見に行った事のある中学生連中の雑談から、S岬の地形や、ロスコー家の建築の概要、生活状態なぞを聞き出し、究竟の稼ぎ場と考え付いた。それがちょうどかの土曜日の夕方だったので、その饂飩屋の電話室に入って市内の石油ストーブ屋の名前を探し出して、その名前でロスコー氏の奉職している石油会社に電話をかけて給仕を呼び出し「ロスコーさんに自宅でお眼にかかりたいが」と鎌をかけてみた。そうして「ロスコーさんは今夜はお宅へお帰りになりませんから、コチラへお出で下さい」と言う返事を聞くと、好機逸すべからずと思ったので、それ以外の事は全然無計画のまま、約二人分の麻酔薬を手に入れ、大胆にもR市の海岸に在る貸ボート屋の櫂《かい》を二本盗み出し、左右のクラッチの穴へ二本の手拭を通して櫂《かい》を結び付け、暗夜を便りにS岬の岩角に漕ぎ付け、中学生の話の通りに岩山を越えてロスコー家に忍び寄り、まず電話線と呼鈴線を切断し、酔臥《すいが》している東作を麻酔にかけ始めたが、案外麻酔が利かないのに驚いた。持って来たエーテルとクロロフォルムを最後の一滴まで使用してヤット目的を達したように思った。そこでアトはマカリ間違っても高の知れた女一匹という了簡で、勇敢に玄関の扉の鍵をコジ開けたものであった。

それから目的の書斎に忍び込むべく、寝室を通過する時に、天井からブラ下がった仄《ほの》暗《くら》い一燭の電燈の光でマリー夫人の寝姿を見ると、フト妙な気持ちになったので、枕元の豆スタンドのコードを取り外して絞殺にかかってみると、女と侮《あなど》ったのが大間違いで、驚くべく猛烈な抵抗にぶっつかり、夢中になって格闘の結果、やっと目的を達したという。つまり「犯人は十分の研究を遂げた後に忍び込んだもの」という最初の推測だけが、見事に外《はず》れていた訳で、その他の部分はかなり正確に的中していた事になる。だから音吉は最初、知らぬ存ぜぬの一点張りで、極力、殺人の重罪を免れようと試みたものであったが、司法主任から現場に突き付けられて、その犯行当時の手順から、心理状態なぞを順序正しく訊問されて、最後にシーツに刻印されているその長さと、電燈コードに残っている肩幅と、その膝頭の褶紋とを突き合わせられると、さすがの音吉も汗ビッショリになって恐れ入ってしまった。

「そこまで御調べが届いていちゃ白を切っても間に合いません。私の運の尽きで御座いましょう。女毛唐を殺したのは私に相違御座いません。今までシゴト（窃盗専門の意）以外には女なんか振り向いた事もない私で御座いましたが、あの晩に限って魔がさしたので御座いましょう。……ドウモあの刺青がイケなかったようで……薄暗い電燈の下にハダカっている真白い、雪のようなお乳の横に、毒々しい真青な花ビラが浮き上がって、スヤスヤと寝息をしているもんですから。ツイ妙な気持ちになってしまいました。私の一生の縮尻《しくじり》で御座いました。女ってえものはヤッパリ魔者なんで……へへへ……。

何も盗らずに逃げ出しました理由は、ほかでも御座いません。あの女毛唐を片付けてホッとしておりますうちに、波の音一つ聞こえないぐらいシインとなっている硝子窓の外の暗の中で、微かに草履《ぞうり》を引きずるような音がゾロゾロッと聞こえたのです。私は思わずハッと固くなってしまいました。生まれて初めて人を殺しましたので気持ちがどうかなっていたので御座いましょう。何だか知りませんが恐ろしく周章《あわ》ててしまいました。大急ぎで天井裏の親子電球を引っぱり消して、垂れていた窓掛けをマクリ上げて、硝子窓にオデコを押し付けて（註＝この硝子窓に押し付けられた額の肌紋は犬田博士も見落としていた）眼を定めておりますと、思いがけない一人の大きな人間の姿が、眼の前の白壁の前を横切って小使部屋の入口の方へ参りましたが、その時にその人間がタッタ今、普通の人間の二倍ぐらい麻酔を嚙ませて来た小使の白髪爺さんに相違ない事がわかりました時には、頭からゾーッと水を浴びせられたような気持ちになりました。しかもその白髪爺さんは、もう一度入口から出て来て、白壁の前を通り抜けるのを見ますと、何だか白く光る刃物のようなものを……コンナ風に……逆手に持っているようで……そいつが真正面を見詰めたまま反り身になって、解けかかった帯をダラリと背後に引きずりながら、神主さんみたいな足取りで、スウスウと真暗な松原の中へ曲がり込んで行くようです。それを見ますと私はイヨイヨ恐ろしくてたまらなくなりましたので、女毛唐の死骸をホッタラかしたまま、後退りをして玄関の外へ出ましたが、それから無我夢中でかの岩山の上に駈け登って、ボートの処へ降りようと致しますと、直ぐ近くの草原の中から不意に「ゴオリゴオリ」という鼾《いびき》の音が聞こえました時には、さすがの私も肝ッ玉が飛び上がりました。モウ少しで気絶する処で御座いました。直ぐに草の中に身を伏せて、闇に狃《な》れた眼でよく見ますと、それはヤッパリ最前、麻酔させたばっかりの白髪頭の小使爺に相違御座いません。逆手に持っていた刃物と見えたのは、白い瀬戸の燗瓶だった事までわかりましたが、もう引き返すだけの勇気はありませんでした。それから一所懸命でボートを漕いで、海のマン中あたりまで来たと思ってホッとした時に、やっと毛髪がザワザワザワザワと逆立って、歯の根がガタガタいい始めたような事で……あの時のように恐ろしかった事はまったく、生まれて初めてで、あの仕事ばっかりは最初から終《しま》いまで、魔がさし通していたような気がします。

しかし私が、あの爺さんに麻酔をかけた事が、どうしてお解りになったのか、どうも不思議で御座います。この麻酔の一件さえわからなければ、滅多に私と星を指される気づかいはないと思って、出来るだけの用心をしていた積りで御座いましたが……散らかるといけませんから脱脂綿の代わりに、あの爺さんの古手拭《てぬぐい》を使いましたし、脱寝姿は酔っ払って寝ているとしか思えませんでしたし、薬瓶は二つとも途中の海の上で棄ててしまいましたし、アトから本人が思い出す気づかいはなおありませぬはずなのに、まるで現場を見てお出でになったようなお話で……」

と眼をパチクリさせていたという。但し、音吉がソレほどに巧妙な麻酔薬の使用法をどこで修得したか。如何なる手段で薬品を手に入れていたか……という事実は、遺憾《いかん》ながら聞き落とした。当時のR署員は悉く《ことごと》転任してしまっているし、犬田博士も物故している今日、筆者としては再び探り出す便宜がないようである。

東作老はまだ生きている。どこか単純な、愚鈍な性格を持っているらしく、九十幾歳の高齢でありながら、娘夫婦が諫《いさ》めるのも聞かずに、R市の某病院の炊事夫をつとめている事が、この間、ちょっとした新聞記事に出ていた。

髪切虫

桐の青葉が蝙蝠《こうもり》色に重なり合って、その中の一枚か二枚かが時おり、あるかないかの夕風にヒラリヒラリと踊っている。

うるんだ宵星の二つ三つが、大きく大きくその上にまばたき始めると、遠く近くの魂がヒッソリと静まり返って、世界中が何となく生あたたかい悪魔のタメ息じみて来る。

その桐畠の片隅の一番低い葉蔭に在る、太い枝の岐《わか》れ目に、昼間から一匹の髪切虫がシッカリと獅嚙《しが》み付いていた。その髪切虫が、そうした悪魔気分に示唆《そそ》られて、ソロソロとその長い触角を動かし始めた。

髪切虫にとっては、触角を動かす事が、つまり、考える事であった。見る事であった。聞く事であった。嗅《か》ぐ事であった。あらゆる感覚を一つに集めた全生命そのものであった。その卵白色とエナメル黒のダンダラの長い長い放物線形に伸びた触角は、宇宙間に彷徨《ほうこう》している超時間的、超空間的の無限の波動の、自由自在の敏感さで受け容れるところの……そうして受け入れつつユラリユラリと桐の葉陰で旋回しているところの……変幻極まりない鋭敏な、小さい、生きたアンテナそのものであった。

蝙蝠色に重なり合った桐の葉の群れのズット向こうの、青い半円型の草山の蔭の地平線からボヘミア硝子《ガラス》色のサーチライトが、空気よりも軽く、淋しい、水か硝子のようにあてどもなく、そこはかとなく撒《ま》き散らされていた。だからその草山の方向に、何気なく触角を向けているうちに、髪切虫は、何とも言えない大宇宙の神秘さをヒシヒシと感じ始めて来たのであった。

その草山の向こうの、海の向こうの、大陸の向こうの、星座の向こうの、まだまだずっと向こうの、大地が作る半円球越しの何千里か向こうの広い広い土地は、まだその日の正午近くらしかった。その焦《こ》げ付くほど熱した、沙漠の塵埃《ほこり》だらけの大空に、何千年か前から漂い残って、ニュートンの引力説に逆行し、アインシュタインの量子論を超越した虚空の行き止まりにぶつかって、ごくごくデリケートな超短波の宇宙線に変化しながら、やっと引き返して来たイーサーの霊動が、蛍《ほたる》の光のように青臭く、淋しく、シンシンと髪切虫の触角に感じて来るのであった。

それはナイル河底の冥府《めいふ》の法廷で、今から一千九百六十五年前に、記録係のトートの神が読み上げた、神秘的な、薄嗄《が》れた声が大空の涯《はて》から引き返して来た旋律に相違なかった。

青桐の幹にシッカリと獅噛み付いた髪切虫の触角がピインと一直線に伸び切って、眼にも止まらぬくらいすばらしく細かく……ブルルン……ブルルン……ブルブルブルルルルルルルルルルルルルルル……と震動し始めた。

エジプトの　御代しろしめす
美しき　クレオパトラの
わが女王《きみ》は　笑はせたまはず

国々は　うれひに鎖《とざ》し
民草は　悲しみ濡れて
朝まつり　いとおろそかに
夜のおとど　みあかし暗く
まさびしき　御閨のうち
わが女王は　寝がへらせつゝ
ひそやかに　歎かせたまふ

われはこれ　美《くは》しの女王
エジプトの　御代を治めて
神々の　力をかねて
思ふこと　とゞかぬは無く

ねごふこと
何一つ
ただ一つ
わが知れる
ものみなは
たど〳〵と

かなはぬはなし
不足なけれど
みちたらぬもの
生きとし生ける
などかくばかり
ものうきやらむ

天地《あめつち》は
ものみなは
めざめては
ちりひぢに
おなじ日と
さびしらに

古くよごれて
汗ばみつかれ
又ゐねむりて
まみれ腐れて
おなじ月のみ
かゞよひ渡る

われもまた
春秋《はるあき》を
ああわれは
エジプトの

あだいたづらに
老いて行くのみ
かくはかなくも
御代を知りつゝ

神々の　まもりうけつゝ
此の広き　山と河にも
おもしろく　をかしき事を
何一つ　見出でぬまゝに
老い行きて　死に果てむ身か

御涙　ハラ〳〵と落ち
ほのぼのと　夜は明けわたる

折しまれ　あなめづらしや
女王様《わがきみ》の　御声として
カヤ〳〵と　笑はせ給ふ

わが女王《きみ》の　御閨ぬちに
いづくより　迷ひ入りけむ
一匹の　髪切虫を
かしこくも　捕はせ給ひ
此上《こよ》もなく　興がらせつゝ

黄金《こがね》にも
御髪《おんぐし》を
啄《つひ》ばませ
カヤ〳〵と

あなをかし
おもしろの
いつまでも

あかつきの
はてしなき
残りなく
丸坊主に

埃及《エジプト》の
はばからぬ
汝《なれ》こそは
青光る

たとへ難《がた》かる
あたへ給ひて
喰《は》ませ給ひて
笑はせ給ふ

髪切虫よ
髪切虫よ
髪切り飽かず

雲の波打つ
わが黒髪を
切りつくさむとや
しつくさむとや

御代を知る身を
髪切虫よ
虫の王なれ
髪切虫よ

美《うる》はしの　髪切虫よ
われ死なば　汝《なれ》に慣ひて
髪切の　虫と生まれて
かぎりなく　恋を重ねて
はてしなく　卵を生みて
黒雲の　天ぎるきわみ
白浪の　打ち寄るかぎり
匐ひまはり　且つ飛びかけり
闇といふ　闇に忍びて
女てふ　女の髪を
こと〴〵く　喰《たう》べつくして
青空の　たなびくところ
黒つちの　くゞまるところ
人間の　さまよふきはみ
口づけの　結ぼほるかぎり
美しき　坊主あたまを
永久永遠《とことは》に　流行《はや》らせむかな

あなをかし
おもしろの
ヒヒヒホホ

女王《きみ》の御代
大御心
歌宴《うたげ》して
腋下の
こと〴〵く
かの虫に

さればわが
み誓ひの
御柩《みひつぎ》の
彼《か》の虫の
秘めやかに
女王様《わがきみ》の
生《あ》れまさむ

あなおもしろや
かみきり虫や
カヤ〳〵〳〵

これより朗らに
ひらけ浮かれて
舞ひ給ふとて
おん渦巻毛
抜かせ給ひて
あたへ給ひぬ

女王の御果て
固きにまかせ
御片隅に
木乃伊《ミイラ》を作り
納めまつりつ
髪切虫の
来世を待ちね

美《うる》はしき　坊主頭を
永久永遠《とことは》に　流行《はや》らせむ為
されば聞け　後の世の人
女王様の　木乃伊納めし
御柩の　おん片隅に
女王様の　御髪《みぐし》喰《は》みつゝ
髪切虫　今も啼くなり
千年の　神秘をこめて
キッチ〳〵……キッチ〳〵……
……ギイ〳〵〳〵〳〵〳〵……

「キッキッ。ギイギイギイギイギイ」

桐の葉蔭の髪切虫は、思わず啼いてしまった。その拍子にイーサーの霊動がフッツリと感じられなくなってしまったが……。

……しかし……それでも若い髪切虫は感激にふるえ上がったのであった。

ただ残念なことに、自分が果たして二千年前の埃及《エジプト》女王クレオパトラの生まれ変わりなのか。それとも女王様の寝棺の中に秘め置かれた髪切虫が、鱷河馬《アマム》にも喰われず、太陽神にも叱られずに、二千年後の今日、輪廻《りんね》転生の道理に恵まれて、呼吸を吹き返して来たものか、その辺のところが、サッパリ判明しなかったが、やがて間もなく、そんな事はどうでもいい事に気が付いたので、髪切虫は一層、朗かになった。

「そうだ。妾《わたし》はこれから恋を探さなければならない。そうして卵を沢山《たくさん》に生んで、可愛い子供をウジャウジャ撒き散らして、世界中の女の髪毛《かみ》をみんな朗かに啖《た》べさせて、一人残らずクルクル坊主にしてしまわなければならないのだわ」

けれども彼女は恋というものがドンナものか知らなかった。……一体恋なんていうものは、ドンな処に、ドンな風にして在るものだろう……と思って、ソロソロと桐の葉の上に匐《は》い上りながら、そこいらを見まわした。

桐畠の周囲の木立ちは、大きくまばたく夕星《ゆうずつ》の下に、青々と暮れ悩んでいた。その重なり合った枝と、葉と、幹の向こうに白々と国道が横たわっていて、その向こうのポプラの樹が行儀よく立ち並んだ間から、何だかわからない非常に美しいものが光って見えた。

それは何とも言えず匂やかな、柔らかい薄桃色の絹シェードの光であった。

「アラッ。まあ何て神秘な光でしょう。……妾は思い出したわ。虫の血で染めたパピルスの行燈《あんどん》を……ナイル河に臨んだ王宮の燈火《ともしび》を……妾の恋はキットあそこに在るのに違いないわ」

それから彼女はシッカリと畳まっている左右の羽根を生まれて初めて、夕暗の中でユルユルと拡げてみた。なやましい湿度を含んだ風が羽根の裏側にヒッソリと沁み渡ったと思うと、彼女ははや、青い青い夕星の下の宵暗を、はるかはるかの桃色の光に向かって一直線に飛んで行くのであった。

「アッ。お父様……髪切虫が来ましたよ」

「ナニ。髪切虫が……」

「ええ。お父様が今夜は違った虫が捕りたいから誘蛾《ゆうが》燈《とう》に赤いシェードを掛けとけって仰言《おっしゃ》ったでしょう。ですからそうしといたら、蝶々は一匹も来ないでコンナ髪切虫が……」

「ううむ。面白いのう。甲虫は一体に赤い色が好きなのかも知れんのう」

「オヤッ。この髪切虫は普通のと違っている。この間お父様が大学で見せて下すった化石の髪切虫によく似てますよ。ね。ホラネ。身体が瓢箪《ひょうたん》型になって、触角がズット長くて……おまけにトテモ綺麗ですよ。卵《たまご》白色と、黒天鵞絨《びろうど》色のダンダラになって……ホラ……ネ……」

「フウム。成る程。これは珍しいのう。三千年ばかり前のツタンカーメンの墓の中から出て来た、実物の木乃伊《ミイラ》とは少し色が違うが、これがホントの色じゃろう。今はモウこの世界から絶滅している種類だと聞いているのに……おかしいなあ、こんな処にいるのは……」

「その木乃伊の棺の中から生き返った奴が埃及から飛んで来たのじゃないでしょうか」

「アハハハ。そうかも知れんのう。とにかく標本にして御覧……学界に報告してみるから……」

青酸瓦斯《ガス》にみちみちた硝子の毒壺に入れられるべくピンセットで挟《つま》み上げられた時、彼女は思わず手足と触角を振りまわして悲鳴をあげた。今を最期の千古の神秘をこめて、

「ギチギチギチギチギチ。イチイチイチイチ。ギイギイギイ。カヤカヤ……カヤカヤカヤカヤカヤカヤ……」

悪魔祈《き》禱《とう》書《しょ》

いらっしゃいまし。お珍しい雨で御座いますナアどうも……こうダシヌケに降り出されちゃ敵《かな》いません。

いつも御贔負《ひいき》になりまして……ま……おかけ下さいまし。一服お付けなすって……ハハア。傘《かさ》をお持ちにならなかった。へへ、どうぞ御ゆっくり……そのうち明るくなりましょう。

どうもコンナにお涼しくなりましてから、雷鳴《はやしかた》入りの夕立なんて可笑《おか》しな時候で御座いますなあ。まったく……まだ五時だってえのに電燈を点けなくちゃ物が見えねえなんて……店ん中に妖怪《おばけ》でも出そうで……もっとも古本屋なんて商売は、あんまり明るくちゃ工合が悪う御座いますナ。西日が一パイに入るような店だと背皮《クロス》がミンナ離れちゃいますからね。へへへ……。

失礼ですが旦那は東京のお方で……ハハア。東京の大学からコチラへ御転任になった。○○科にお勤めになっていらっしゃる……成る程。コンナ時候のいい時は大してお忙がしく御座んせんで……へへ。恐れ入りやす。開業医だったら大損で……まったく大学って処は有難い処で御座いますなあ。

実は私もコレで東京生まれなんで。竜閑橋《りゅうかんばし》ってえ処の猫の額みたいなケチな横町で生まれたもんでゲスが、へへへ。これでも若い時は弁護士になろうてんで、神田の東洋法律学校へ通いまして六法全書なんかをヒネクリまわしていたもんですが、生まれ付きのナマクラでね。小説を読んでゴロゴロしたり、女の尻《けつ》ばかり追いまわしたりして、さっぱりダラシが御座んせん。両親が亡くなりますと一気に、親類には見離される。苦学するほどの骨ッ節もなし。法界節の文句通りに仕方がないからネエエ——てんで、月琴《げっきん》を担《かつ》いで上海《シャンハイ》にでも渡って一旗上げようかテナ事で、御存じの美土代《みとしろ》町の銀行の石段にアセチレンを付けて、道楽半分に買い集めていた探偵小説の本だの教科書の貰い集めたのを並べたのが病み付きで、とうとう古本屋《ほんもの》になっちまいましてね。へへへ。そのうちに嬶《かかあ》が出来たり餓鬼《がき》が出来たり何かしてまごまごしているうちにコンナに頭が禿《は》げちゃっちゃあ、モウ取り返しが付きません。まあまあナマクラ者にゃ似合い相当の処でげしょう。文句はありませんや。

ヘエヘエ。そりゃあ、この××クンダリへ流れて来るまでにゃガラ相当の苦労も致しやしたよ。途中で古本屋《しょうばい》がイヤンなっちゃって、見よう見真似の落語家《はなしか》になったり、幇《たい》間《こもち》になったりしましたが、やっぱり皮切りの商売がよろしいようで、人間迷っちゃ損で御座いますナ。だんだん呼吸をおぼえて来ると面白い事もチョイチョイ御座いますナ。

ヘエ……粗茶で御座いますが一服いかが様で……ドウゾごゆっくり……。

コンナに降りますと、お客様もお見えになりませんな。いつ来て見ても、お客様が一人立ってお出でになる古本屋なら、大丈夫立って行くものです。ですから一人もお客様がお見えにならないと手前が自分でサクラになってノソノソ降りて行きまして、本棚なぞを整理致しておりますんで……これがマア商売のコツで御座いますナ。つまりその一人立っている人間が店の囮《おとり》になるんで……通りがかりの方が店を覗《のぞ》いて御覧になった時に、誰か一人本棚の前に突っ立って本を読むか何か致しておりますと、ツイ釣り込まれてふらふらと入ってお出でになる。群衆心理というもので御座いますかな……そのアトからまた一人フラフラっと……てな訳で……。イヤどう致しまして……先生にお茶を差し上げて囮に使っている訳じゃ御座いません、ハハハ。コンナ大降りの時にはイクラ囮を使ったって利き目は御座んせん。へへへへ。恐れ入ります。どうぞお構いなく御ゆっくりと……。

へエへエ。それは面白いお話も御座いますよ。ツイこの間の事……高等学校の生徒さんがゲーテの詩集を売りに見えましてね。ほかの参考書や何かと一緒に十冊ばかりを三円で頂戴いたしましたが、そのうちでも、ゲーテの詩集が特別に古いようですから、あとでよく調べてみますとドウです。千七百八十年に独逸《ドイツ》で出版されたヤツの第一版なんで、おまけにその見返しの処にぬたくっている持ち主署名《オーナシグネチャ》をよく見ますと、どうしてもシルレルとしか読めません。それからコチラの法文科で古書を集めてお出でになる中江学長《せんせい》さんのお宅へ持って参りましたらドウデス。七十円でお買い上げになりましたよ。

……何でもそのゲーテの詩集が出ました千七百八十年の夏でしたか秋でしたかに、詩聖のシルレルが、その第一版を買って読んでいるうちに、

「コンナ下らない詩集なんかモウ読んで遣らないぞ」

てんで地面にタタキ付けた。それからまた拾い上げて先の方を読んで行くうちに、今度は三拝九拝して涙を流しながら、

「ゲーテ様。あなたは詩の神様です。私は貴方のおみ足の泥を嘗《な》めるにも足りない哀れな者です」

とか何とか言ってオデコの上に詩集を押し付けたってえ話が残っている。それがこの本に違いない。独逸人に持たせたら十万マークでも手放さないだろうテンデ、アトから中江先生が説明して下さいましたがね。お人が悪うがすよ中江先生は……ハハハ。もっとも私もこの本は東京へ持って行きゃあ汽車賃ぐらいの事じゃなさそうだ……ぐらいの事はカン付いていましたがね。欲をかいたって仕様が御座んせん。

ヘエヘエ。今度ソンナのが出ましたらイの一番に先生の処へ持ってまいります。大学の〇〇科で……ヘエ。助教授室……ヘエヘエ。何卒《どうぞ》よろしく御願い致します。

ヘエヘエ。法文科の中江先生ですか。よく手前どもの処へお見えになりますよ。古い本をお探しになるのが何よりのお楽しみだそうですね。いいお道楽ですよマッタク……古本屋《しょうばいにん》てものは元来、眼の見えない者が多いんだが、お前は割合いによくわかるから、話相手になると仰言《おっしゃ》ってね……へへへ。手前味噌で恐れ入ります。いつも御指導を願っ

ております。

御覧の通り手前共では、学生さんが御相手でげすから、横文字の書物なら全部、大きく原書と書いて貼札をして同じ棚に並べて置きますので……ところがこの間ウッカリ、

CHOHMEY KAMO'S HOJOKY

って書いた奴を、何だかよく判《わか》らないでパラパラッと見たまんまに原書って書いた札をデカデカと貼って二円の符牒を付けて置きましたら、中江先生がソイツを棚の中から引っこ抜いてお出でになって、私の鼻の先に突き付けて、お叱りになったものです。

「しっかりしてくれなくちゃ困る」

てえ御立腹なんで……成る程、よく読んでみますと鴨の長明の方丈記の英訳なんで。ハッハッハッ。ドッチが原書なんだか訳がわかりませんや。まったく恐れ入りましたよ。方丈記の英訳の中でも一番古いものだからと仰言って三十円で買って頂きましたよ。ゲーテの詩集の埋め合わせをして頂いたようなものでへへへへ……。

まったくで御座いますよ。そのまま二円で買って行かれたって文句は御座いません。中江先生みたいなお方ばっかりだったら、苦労は御座んせんが、タチの悪いお客もずいぶん御座いますよ。ソリャア……一冊丸ごと立ち読みなんて図々しいのはショッチュウの事なんで、そのまた読み方の早いのには驚きますよ。店の本の上に腰をかけて、足の下を吸殻だらけにしいしい一冊読んじゃってから、私の処へ持って来て、

「オイ君。この本一円きり負からないのかい。大して面白い本でもないぜ」

なんて顔負けしちゃいます。大きなお世話でサア……文科の生徒さんなんかは、試験前にチョイチョイ来て、アノ棚の上の大きなウエブスターの辞書だの大英百科全書《エンサイクロペディア》を抱えて下して、入り用な字を引いちゃってから、そのまま置き放しぐらいは構いませんが、ノートに控えるのが面倒臭いんでしょう。その一頁をソッと破って持って行くんですから非道《ひど》うがすよ。よく聞いてみると大学校には修身てえ学科がねえんだそうで……呆《あき》れて物が言えませんや。

もっと非道いのがありますよ。丸ごと本を持って行ってしまうんです。つまり万引きですね。しかもその万引きの手段てえのが、トリック付きなんですから感心しちゃいますあ。

自分で一冊か二冊、つまらない別の本を裸で抱えて、如何にも有閑学生か、有閑インテリらしい気分と面構えで飄然《ひょうぜん》と往来から入って来るんですね。最初から狙っている本はチャントきまっているのですが、直ぐにその本の処へ行くようなヘマは決してやりません。そこが手なんだろうと思うんですが、依然として風来坊を気取りながらアチコチと棚を見上げ見下ろして行くうちに、如何にも自然に狙った本へ近付いて行く。そこで不承不承のイヤイヤながら事の序《ついで》だと言った恰好で、その本の包装を引き抜いて、気永く内容を読んでいるふりをしているんです。そうなるとこっちだってデパアトの刑事さんじゃなし、最初から疑っているんじゃありませんから、ツイ眼を外《そ》らしてしまいますと、そこを狙っているんですね。つまらなさそうな顔をしてその本を棚に返す……と思ったら大間違いの豈計《あにはか》らんやでげす。返すと見えたのは包装のボール箱だけ……または用意して来た、ほかの下らない本を詰めたりしてモトの隙間へ突っ込んで、入用な本はチャント脇の下に挟みながら……チェッ、碌《ろく》な本は在りやがらねえ……と言ったような恰好で悠々とバットの煙を輪に吹きながら出て行くんだから大した度胸でげす。考えたもんですなあ。

ええ……そりゃあ一時の出来心もありましょうが、ズット前からの出来心も御座いましょうよ。何しろ修身のねえ学校の生徒さんでゲスから油断も隙もありゃあしません。コンナ手を矢鱈《やたら》に使われちゃ遣《や》り切れませんや。

しかもソレが脛《すね》っ噛りの学生さんばっかりじゃ御座んせん。相当の月給を取ってお出でになる修身の本家本元みたいな立派な紳士の方が、時々この手をお出しになるんですから驚きますよ。へへへ。大学の先生方もチョイチョイお見えになります。こちらの達人の方もお出でにならないじゃ御座んせんが、なかなか鮮やかなお手付のようです。へへへ。まさかお修身の代わりに講義《レクチュア》で生徒さんに御伝授になる訳でも御座いますまいがね。どうもお手際が生徒さん達よりも水際立っているようです。第一御風采がお立派ですからマサカと思ってツイ油断しちまいますア。

もっともソンナのは大抵御本好きの方に限るようですね。珍しい本と思えば高価《たか》そうだし、欲しさは欲しし……店番のオヤジの面ア間抜けに見えるし……てんで、相当お立派な人格の方がツイ、フラフラとお遣りになるのが病み付きになって、ダンダン面白くなって来る。そこん処《とこ》だけは良心が磨り切れちゃってトテモ人間業とは思えないくらい大胆巧妙になってお出でになるのですから、お相手を仰付けられた本屋は叶いませんや。……しかし有難いもので……何度もその手を喰って慣れて参りますと大抵わかりますよ。どうもあの人が臭いってね。丁稚《でっち》が言うものですから、気を付けておりますと、手口から何からスッカリわかっちまいます。しまいには入口からノッソリ入ってお出でになる態度を見ただけでもアラカタ見当が付いて来ます。……サテはオヤリ遊ばすな……とか、遊ばさないナ……とかね。へへへ。

面白いのは、その万引した本を持って帰って読んでしまってから、ソッと返しに来る人があるのです。御承知の通りこのごろの小説本と来たら、昔のエライ連中が書いたのと違って、一度読んじゃったら二度と読む気になれないものが多いらしいんです。または持って帰って読んでみると大した本でも珍しい本でもなかったらしいんですね。ですから何も良心に背反《そむ》いてまで泥棒して来るほどのシロモノじゃなかった……と思って返しにお出でになるんだか……それとも最初からチョット借りて、中身の減らないようにソーッと読んで、返して下さるお積りだったのかどうだか、ソノ辺のところがコチラでは何とも見当が付きかねますがね。良心が在るんだかないんだか、紳士的なんだか、超特級の泥棒根性なんだか……無賃乗車で行って用を足して引き返して来て、乗らない顔をしているみたいなもので、ややこしい心理状態もあればあるものですね。

ヘエヘエ。そりゃあ、まったく返って来ないのも随分ありますよ。そんなお顔はコチラでチャント存じておりますがね。そこが商売冥利《みょうり》って奴で、黙って知らん顔をしております。元値を考えたら大したもんじゃ御ざんせんしね。ショッチュウ気を付けてケースの中身が在るかないか調べなくちゃならないのが面倒臭いくらいのもんでさ。そうして中身が変わっているか抜けているかしている本の前に立っておられた方を、あの方、この方と思い出しているうちに、だんだんお人柄がわかって参りますから不思議なもンで……この間コンナのがありましたよ。これはまた物スゴイ、素敵な本でしたが……。××医専の生徒さんが夏休みに持ち込んで御座った本だったと思いますがね。本人は××の××の方で、先祖代々から伝わって来た聖書だと仰言ってね。一冊三円で頂戴いたしましたが、例の通り店番の片手間にここに坐ってよく調べてみますと驚きましたね。チョット見ると活字みたいですが、一六二六年に英国で出来た筆写本なんです。紙がまた大した紙でね。日本の百円札みたいなネットリした紙にミッチリと書き詰めたもので、黒い線に青と赤の絵具を使った挿絵まで入っているんですから、それだけでも大層な珍本でげしょう。

ところがソレだけの事なら私も格別驚きません。金さえ出せば日本内地でも、相当にお眼にかかれるシロモノなんですが、肝を潰したのは、その聖書の文句でげす。あれが悪魔の聖書とでも言ったものでしょうか……これこそ世界中にタッタ一冊しかないと噂《うわさ》に聞いたシュレーカーの BOOK OF DEVIL PRAYER（外道祈禱書）かと思うと私は気が遠くなって、真夏の日中にガタガタ震え出したものでげす。

ヘエ……先生はソンナ書物《ほん》の事をお聞きにならない。ヘエ。そうですか。著者の名前はたしかデュッコ・シュレーカーと読むんだろうと思いましたがね。むずかしい綴りの名前でしたっけが……何でも百年ばかり前の事だそうですがね。有名な英国のロスチャイルドってえ億万長者の二男でしたか三男でしたかが十万ポンドの懸賞付きで探したことが在るってえ仲間の無駄話を、東京にいる時分に小耳に挟《はさ》んでいるにはおりましたがね。マサカその実物に、お眼にかかろうたあ思いませんでしたよ。

ヘエ。表紙はズット大型の黒い皮表紙なんで……HOLY・BIBLEと金文字の刻印が打ち込んで在って、牛だか馬だかわかりませんが、頑丈な生皮の包箱《ケース》に突っ込んで在ります。その包箱の見返しの中央にMICHAEL SHIROと読める朱墨と黒い墨の細かい組み合わせ文字の紋章みたいなものが、消え消えに残っている処を見ますと、私のカンでは多分天草一揆《いっき》ころ日本に渡って来て、ミカエル四郎と名乗る日本人が秘蔵してたものじゃないか知らんと……ヘエヘエ。その四郎が天草四郎だったらイヨイヨ大変ですがね。

ヘエヘエ、むろんそうですとも。その学生さんは何も知らずに普通の聖書と思って売りに見えたに相違御座んせん。聖書なんてものは信心でもしない限り滅多に読んでみる気がしないものですし、その本を持ち伝えた先祖代々の人も、それがソンナ本だって事を言い伝える事も出来ずに、土蔵《おくら》の奥に仕舞い込んで御座ったんでげしょう。そいつをあの学生さんがホジクリ出して……何だコンナ物、売っチャエ。バアへでも行っちゃえテンで、私の処を聞いて持ち込んでいらっしたものでしょう。聖書なんてものは、今の学生さんにはオヨソ苦手なもんですからね。中身を何処かの一行でも読んでたら持って来る気づかいありませんや。今ごろはスッカリ悪魔になり切っちゃって、学校なんか止しちゃって、桃色ギャングか何かでブタ箱にでもブチ込まれているでしょうよ。へへへ……その学生さんの名前とお所をチャント控えておりますから、そのうちに××のお宅へお伺いしたらキットまだまだ面白い掘り出し物があるに違いないと思ってこの二、三日ウズウズしているんですがね。へへへ。

中身の読み出しは、みんな細かい唐草模様の花文字で、途中のチャプタの切り工合から中みだしなんかスッカリ真物《ほんもの》の聖書の通りですし、創世記のブッ付けの四、五行ぐらいはヤッパリ本物の聖書の文句通りですから、誰でも一パイ喰わされるのですが、その四、五行目からの有難い文句が、イキナリ区切りも何もなしに、トテモ恐ろしい文句に変わって来るのです。つまり悪魔の聖書と申しますか。外道祈禱書と申しますか。ソイツを作り出したシュレーカーって言う英国の僧侶《ぼう》さんが、自分の信仰する悪魔の道を世界中に宣伝する文句になっているんですね。昔風な英語ですからチョット読み辛《づ》ろうがしたよ。チョット生意気に訳しかけてみた事もあるんですが、ザットこんな風です。

「われ聖徒となりて父の業を継ぎ、神学を学ぶうちに、聖書の内容に疑いを抱《いだ》き、医薬化学の研究に転向してより、宇宙万有は物質の集団浮動に過ぎず、人間の精神なるものもまた、諸原素の化学作用に外ならざるを知り、従って宗教、もしくは信仰なるものが、その出発点よりして甚《はなは》だしく卑怯なる智者の、愚者に対する瞞着《まんちゃく》、詐欺取財手段なるを認め、地上に於て最真実なるものは唯一つ、血も涙も、良心も、信仰もなき科学の精神を精神とする所謂《いわゆる》、悪魔精神なる事を信じて疑わざるに到れり。わが生まれ出《いで》し心では親兄弟、もしくは羅馬《ローマ》法皇が自分のために都合よく作り出せぬ所謂「神の心」には非ず。生前の神罰、死後の地獄また在ることとなし。何をか恐れ、何をか憚《はばか》らんや。

歴代の羅馬法皇、その他の覇者《はしゃ》は皆この悪魔道の礼讃実行者なり。万人の翹望《ぎょうぼう》する上流階級の特権なるものは皆この悪魔道に関する特権に外ならず。人類の日常祈る処の核《も》心《の》は皆、この外道精神の満足に他ならず。強者は聖書を以て弱者を瞞着し、科学の教うる処の悪魔の力を恣《ほしいまま》にして恥じざらむとす。

全世界の人類よ。皆、虚偽の聖書を棄てて、この真実の外道祈禱書を抱《いだ》け。われは悪魔道のキリストなり。弱き者。貧しき者。悲しむ者は皆吾に従え」

といったような熱烈な調子で、人類全般に、あらゆる悪事をすすめる文句がノベタラに書いて御座います。私はそれを読んで行くうちに、自分の首を絞められるような気持ちになってしまいましたよ。西洋《あちら》には血も涙もない悪党が多い。生胆取りだの死人《しびと》使い、奴隷売買、人殺し請負いナンテものは西洋人でなくちゃ出来ない仕事だと聞いておりましたが、マッタクその通りだと思いましたナ。

その耶蘇《やそ》教の僧侶《ぼう》さんは多分、精神異常者か何かだったのでしょう。そんな積りで、世界中を悪党だらけにする積りで、一所懸命に書いたらしく、この世界が「悪」ばっかりで固まっている世界だ……神様なんてのは唯、悪魔の手伝いに出て来たくらいのもんだっていう事を、出来るだけ念入りに説明しているのです。

「神は弱者のためにのみ存在し、弱者は強者のためにのみ汗水を流し、強者はまた、悪魔のためにのみ生存せるもの也」

「世界の最初には物質あり。物質以外には何物もなし。物質は欲望と共に在り。欲望はまた、悪魔と共にあり。欲望、物質は悪魔の生まれ代わり也。故に物質と欲望に最も忠実なるものは強者となりて栄え、物質と欲望とを最も軽蔑する者は弱者となり、神となりて亡ぶ。故に神と良心を無視し、黄金と肉欲を崇拝する者は地上の強者也。支配者也」

「強者、支配者は地上の錬金術師也。彼等の手を触るるものは悉《ことごと》く黄金となり、黄金となす能わざるものは、悉く灰となる」

「黄金を作る者は地上の悪魔也。彼等の触るる異性は悉く肉欲の奴隷と化し能《あた》わざる異性は悉く血泥と化《な》る」

というようなアンバイです。

ですからこの悪魔の聖書では、旧約の処が「人類悪」の発達史みたいになっておりましてね。アダムとイブが、神様を信心し過ぎて肉欲を軽蔑している間は、子供が生まれなかった。それから蛇によって象徴《あらわ》された執念深い肉欲に二人が囚《とら》われて、信仰をなくしちゃって、エデンの花園を逐《お》われてから、お互いの裸体《はだか》が恥ずかしくなったお陰で、子供がドンドン生まれ初めてこの地上に繁殖し始めたんだから、トドのつまりこの地上で栄えるものはエホバの神の御心じゃない。悪魔の心でなくちゃならん……といったような理屈で、人類の罪悪史みたような事が、それからジャンジャン書き立てて在るのです。

……エジプトの王様は代々、自分の妻を一晩毎に取り換えて、飽きた女を火焙《ひあぶ》りにして太陽神に捧げたり、または生きたままナイル河の水神様の鰐《わに》に喰わせたりするのを無上の栄華として楽しんでいた。

……ペルシャ王ダリオスの戦争の目的は領土でもなければ名誉でもない。捕虜にして来た敵国の女に対する淫虐《いんぎゃく》と、敵国の男性に対する虐殺の楽しみ以外の何ものでもなかった。彼は戦争に勝つ毎に、宮殿の壁や廊下を数万の敵兵の新しい虐死屍体で飾り、その中で敵国の妃《きさき》や王女を始め、数千の女性の悲鳴を聞いて楽しんだ。そこにダリオスは世界最高の悪魔的文明を感じたのであった。

……亜歴山《アレキサンドル》大王はアラビヤ人を亡ぼすために、黒死病患者の屍体を荷《かつ》いだ人夫を連れて行って、メッカの町の辻々でその人夫を一人ずつ斬り倒させた。これはその極端な悪魔的な精神に於て、近代の戦争の遣り口をリードしているのみならず、遥かにソンナものを超越した偉い処があった。さすがは大王と言うよりほかなかったものである。

……露西亜《ロシア》の彼得《ペートル》大帝は、和蘭《オランダ》に行って造船術を習ったと歴史に書いて在るが、これは真赤な偽りで、実際は堕胎術と毒薬の製法を研究に行ったのだ。彼得大帝は、そうして得た魔力でもって露西亜の宮廷を支配して、あれだけの勢力を得たもので、大帝の属するスラブ人種が、六十幾つの人種を統一して、大露西亜帝国を作ったのも、こうした大帝から魔力を授かったスラブ族の科学知識のお蔭でしかないのだ。

……こんな調子で世界を支配するものは神様でなくてイッモ悪魔であった。一切の科学の始まりは神様の存在を否定し、人間をその良心から解放するのが目的で、同時に一切の化学の始まりは錬金術であり、一切の医術の始まりは堕胎術と毒薬の研究でしかなかったのである。

……吾々は歴史に欺《あざむ》かれてはならない。常に悪魔的な正しい目で歴史を読んで行かないと飛んでもない間違いに陥ることがある。元来ユダヤ人というものは人類の全部をナマケモノにしてコッソリと亡ぼしてしまって、ユダヤ人だけで世界を占領してしまおうと思って、昔から心掛けて来た人種だ。骰子《さいころ》だのルーレットだのトランプだの将棋《しょうぎ》だのドミノだのというものは、そんな目的のために猶太人《ユダヤ》が考え出して世界中に教え拡めたものである。しかもその猶太人が、そんな目的のために発明して世界中に宣伝しようとこころみた最後のものがこの基督《キリスト》教なのだから、呆《あき》れてモノが言えないではないか。

……「この世の中の事は何もかも神様の思召《おぼしめし》ばかりだ。神様に祈ってさえおれば、欲しいものは何でも下さるのだから、人間はチットモ働かなくていいのだ。神様を信ずれば盲目《めくら》が見え、唖《おし》が物を言い、躄《いざり》が駈け出すのだ。天を飛ぶ鳥を見よ。地を走る狐《きつね》を見よ。明日の事なんか考えなくともチャンと生きて行けるじゃないか」といったアンバイ式に宣伝して世界中をみんな懶《なま》け者にしちまおうと思って発明したのがこの基督教なんだ。

……そこでその当時ユダヤでも一番の名優であったヨハネという爺さんを雇って来て、この基督教のチンドン屋を遣らせてみたがドウモうまいこと行かない。そこでその次に出てきたユダヤでも第一等の美男子のイエスという男優と、ユダヤ第一の美しい女優のマリアというのを取り組ませて、この宣伝を街頭でやらせてみたらコイツが大々的に大当たりを取ることになった。

（三十行削除）

……といったような調子で旧約聖書の文句が済みますと今度は新約でゲス。

……つまりそのデュッコっていう僧侶が聖書の中で基督に成り代わって言うのです。

「吾は悪魔の救世主なり。皆吾に従え」ってんで、自分が先祖代々から受け伝えて来た悪魔の血すじを、系図みたいに書き並べたのがソノ新約の書き出しなんで、それから自分が虫も殺さぬ宣教師となって明け暮れ神の道を説きながら、内心では悪魔の道を信仰して、女を殺したり、金を巻き上げたりして来た恐ろしい悪事の数々を各章に分けてサモサモ勿体らしく書き立てて在るのです。人間は神様と良心を蹴飛ばしちまえばドンナ幸福でも得られる。自分の師と仰ぐものはイエス・クリストじゃない、悪魔に魂を売った独逸《ドイツ》の魔法使いファウストだってんで、ありとあらゆる科学的な悪の遣り方が、自分の体験と一緒に、それ相当の悪魔式のお説教を添えて書いてあります。

（四十七行削除）

それから一番おしまいの詩篇の処へ来ると、極端な恋歌ばっかりですね。それでマトモな恋の歌なんか一つもないので、邪道の恋、外道《げどう》の恋みたいなものを讃美した歌ばっかりなんで、呆れ返ったワイ本なんですがね……ヘエ……。ナ……何ですか……その本が何処に在るかって仰言るんですか……へへへ。それがまた面白いんです。

今も申します通り、その聖書は、ちょっと見た処、古い木版みたいな字の恰好ですからね。蔵《しま》って置いたって仕様がないし、そうかと言ってウッカリ気心の知れない処に持《か》って行ってお勧めする訳にも行きませんからね。困っちゃって、ボクスか何かの古い皮革《わ》のケースに入れたまんま向こうの棚の片隅に置いといたんです。それを見つけたお客様のお顔色次第で千円ぐらいは吹っかけてもアンマリ罰は当たるめえ……と思っていた訳ですが……普通の聖書にしてもソレぐらいのねうちはあるんですからね。

ところがこの三月ばかり前のことです。驚きましたよ。いつの間にシテヤラレたものですか、その聖書の中身がスッポ抜かれちゃって、箱《ケース》だけがあそこの棚の隅に残っているのを発見しちゃったんです。

あそこは店の中でも一番暗い処で、私が珍本と思った本だけをソーッと固めて置いとく処ですからね。あそこに来てジイッと突っ立ってお出でになる方はイッモ大抵きまっているんですからね。持ってお出でになった方もアラカタ見当が……。オヤッ……先生のお顔色はドウなすったんです。御気分でもお悪いんですか……ヘエ。

ヘエッ……これは三百円のお金……今月のお月給の全部……私に下さるんで……ヘエッ……あの聖書のお手付け……千円の内金と仰言るんで……これはどうも恐れ入りましたナ。あの本は先生がお持ちになったんで……。ヘエ。それはドウモ何ともハヤ……ヘエヘエ……何と仰言る……。

ヘエエ……今年の春から先生の奥様にピアノを教えにお出でになっている音楽学校出の若いピアニストの方が、あの本を偶然に御覧になって、大変に珍しがって借りてお出でになった。先生もその時までは普通の聖書と思って何の気もなくお貸しになった。ヘエヘエッ……ド……ドッ……どうぞお落ち着きになって……お落ち着きになって……お静かに……お静かに……御ゆっくりお話下さいまし……ナナ……なる程。ヘエヘエ。

それから一週間ばかり経って、奥様が流産をなすった……妊娠三か月で……成る程。お医者様の御診察ではその前にお二人で××にドライブをなすったのが悪かった……ナル程。あの国道はこのごろ悪くなりましたな。無理は御座んせんよ。自動車が矢鱈《やたら》に殖えましたからな。県の土木費はモトの通りなのに……まだある。ヘエ……。

タッタお一人のお坊ちゃんが、牛乳ばっかりで育ててお出でになったのが、四、五日前に急にお亡くなりになった。食餌中毒という診断だが、怪しいと仰言るんで……ヘエ。ドウ怪しいんで……ヘエ。あの本を借りて行かれたピアノの教師《せんせい》が、あの本の中の毒薬を使っているに違いない。このごろ、貴方様も胃のお工合が宜しくない。胃がシクシクお痛みになる。×××××、×××かも知れない。ヘエ。つまり貴方様はズット前からそのピアノの教師を疑ってお出でになったんですね。成る程。そのピアノの教師は芸術家気取りのノッペリした青年……奥様は二度目の奥様で、大阪新聞の美人投票で一等賞

……アッ……。

ワ――ッ……先生ッ。チョチョチョ、チョットお待ち下さい。チョットチョット。いいえ放しません。チョットお待ち下さい。血相をお変えになって何処へお出でになるんで……ナ何ですって……。そのピアノ教師をお訴えになる。あの本を取り返して使った毒薬を発見して遣る……ま……ま……待って下さい。……ト……飛んでもない事です。まあお聴き下さい。落ち着いて……とにかくここへ今一度おかけ下さい。私のお話をお聞き下さい。御事情は私が見抜いております。事件の真相は私がチャンと存じておりますから、残らずお話致しましょう。急《せ》いてはいけません。短気は損気です……ああビックリした……。

飛んでもない事ですよ、先生ソレは……。もし先生がソンナ事をなされますとあの本を何処から手に入れたという事が、警察でキット問題になりますよ。その時に私が警察へ呼ばれまして正直の処を申し立てましたら、先生の御身分は一体どうなるんですか。ハハハ。それ御覧なさい。まあまあモウ一度ここへお掛け下さい。このお茶の熱い処を一服めし上がって下さい。私が何もかもネタを割ってお話致します。モトを申しますと何もかも私が悪いのです。

ソ……ソンナにビックリなさることは御座いません。コレ……この通りお詫びを申し

上げます。何もかも私が悪いので御座います。ヘエヘエ。この通りアヤマります。どうぞ御勘弁を……。

　何をお隠し申しましょう……ただ今まで私がお話致しました事は、みんなヨタなんです。出《で》鱈目《たらめ》なんです。根も葉もない作り話なんでゲス。ハハハ。吃驚《びっくり》なさいましたか。ハハハ……。

　あの御本はヤッパリ普通の聖書なんです。もちろん一六八〇年度の英国の筆写本なんでゲスから相当の珍本には間違い御座んせん。三百両ぐらいの価値《ねうち》は確かに御座いますが、トテモ千両なんて踏めるシロモノじゃ御座んせん。御自身で読んで御覧になりゃあ、おわかりになります。初めっからおしまいまで普通の聖書の通りの文句で、一字一字毎に狂いのない処を見ますと、よっぽど信仰の深い僧侶《ぼう》さんが三拝九拝しながら写したもんですね。とにかく滅多に出て来っこない珍本ですからドウゾお大切にお仕舞い置き願いますよ。こうしてお代金を頂戴いたしましたからには、惜しゅうは御座いますが、お譲り致します。

　じつは先生が、大学でも有名な御本集めの名人でお出でになる事を、法文科の中江先生からズット以前に伺っておりました。今度、〇〇科へ本集めの名人が来たぜ。あの男は東京にいる時分から俺の好敵手で、どうして集めるんだか判らないが、俺の狙っている本を片端から浚《さら》って行ってしまいやがる。あの男が来ると俺の道楽は上がったりだ……ってね。よくソウ仰言っておられましたよ。

……ですからじつはソノ……へへへ。先生があの本をお持ちになった時も私はよく存じておりましたからね。そのうちに奥様にでもお代を頂戴に行こうかと思っております処へ、今日ヒョックリ先生がお見えになる……トタンに今の夕立で御座いましょう。店には格別お珍しいものも御座んせんし、先生も雨上がりをお待ちになってお出でになる御様子ですし、私も朝から店に坐っていてすこし頭がボンヤリして来たようですから、ツイ退屈凌《しの》ぎに根も葉もないヨタ話を一席伺いました訳で……若いうちにナマジッカな学問をしたり、寄席《よせ》へ出たり致しました者は、ツイ余計なお喋《しゃべ》舌りが出て参りますようで……ヤクザな学問ほど溢れ出したがるようでへへへ。……ヘエヘエ。やっぱりコウして書物《ほん》の中に埋まっておりましても探偵小説が一番面白いようで……まったくで御座います。どうかするとツイ探偵小説を地で行ってみたいような気にフラフラッとなりますから妙なもんで……ヘエ。思いもかけませぬお代を頂戴致しまして恐れ入りました。まったく根も葉もない作り事を申し上げまして、御心配をおかけ申しました段、幾重にも御勘弁を……。

ヘエ。モウ降り止んだようで御座います。だいぶ明るくなって参りました。明日はお天気になりましょう。

ヘイ。御退屈様。毎度ありがとう存じます。ドウゾ奥様をお大事に……。

戦場

一

……おお……悪魔。私は戦争を呪詛《のろ》う。

戦争という言葉を聞いただけでも私は消化が悪くなる。

戦争とは生命《いのち》のない物理と化学とが、何の目的もなしに荒れ狂い咆《ほ》えまわる事である。

戦争とは蒼白い死骸の行列が、何の意味もなく踊りまわり跳ねまわる中に、生きた赤々とした人間の大群が、やはり何の興味も感激もなしにバタバタと薙《な》ぎ倒され、千切られ、引き裂かれ、腐敗させられ、屍毒化させられ、破傷風化させられて行くことである。

その劇薬化させられた感情の怪焰……毒薬化させられた道徳の異臭に触れよ。戦慄《せんりつ》せよ。

……一九一六年の一月の末。私が二十八歳の黎明……伯林《ベルリン》市役所の傭《やと》い医員を勤めていた私は、カイゼルの名によって直ちに軍医中尉を拝命して戦線に出でよ……との命令で、貨物列車——トラック——輜重車《しちょう》——食糧配給車と言う順序にリレーされながら一直線にヴェルダンの後方十基米《キロ》の処に在る白樺の林の中に到着した。

その林と言うのは砲火に焼き埋められた大森林の残部で、そこにはヴェルダン要塞《ようさい》を攻囲している我が西部戦線、某軍団所属の衛生隊がキャンプを作っていて、夥《おびただ》しい衛生材料と、食糧などの巧みにカムフラージしたものが、離れ離れに山積して在ったた。

勿論、私は到着するまで、自分が何処に運ばれて行くものやら見当が付かなかった。市役所で渡された通過章に書いて在る訳のわからない符号や、数字によって、輸送指揮官に指令されるまにまに運ばれて来たので、そこがヴェルダンの後方の、死骸の大量蓄積場……なぞいうことは到着して後、暫くの間、夢にも知らずにいたのであった。

ただ自分の居宿にあてられた小さな天幕《テント》の外に立つと、直ぐ向こうに見える地平線上に、敵か味方かわからないマグネシューム色の痛々しい光弾が、タラタラ、タラタラと入れ代わり立ち代わり撃ち上げられている。その青冷めた光に照し出される白樺の幹の、硝子《ガラス》じみた美しい輝き……その周囲に展開されている荒涼たる平地の起伏……それは村落も、小川も、池も、ベタ一面に撒布された死骸を一緒に、隙間なく砲弾に耕され、焼き千切られている泥土と氷の荒野原……それが突然に大空から滴り流れるマグネシューム光の下で、燐火の海のようにギラギラと眼界に浮かび上がってはまたクウーンと以《も》前の闇黒《まっくろ》の底に消え込んで行く凄惨とも壮烈とも形容の出来ない光景を振り返って、身に沁み渡る寒気と一緒に戦慄し、茫然自失しているばかりであった。天幕の中に帰って制服のまま底冷えのする藁《わら》と毛布の中に埋まってからも、覚悟の前とは言いながら、自分は何という物凄い処に来たものであろう。いったい自分は何という処に、何しに来ているのであろう……といったような事をマンジリともせずに考えながら、かなたへ寝返り、こっちへ寝返りしているばかりであった。

しかし夜が明けると間もなく、程近いキャンプの中から起き出して挨拶に来た私の部下の話で一切の合点が行ったように思った。

私の部下というのは、私とは正反対に風采の頗《すこぶ》る立派な、カイゼル鬚《ひげ》をピンと跳ね上げた好男子の看護長で、その話ぶりは如何にも知ったか振りらしい気取った軍隊口調であった。

――我が独逸軍《ドイツ》は二月に入ると間もなくヴェルダンに向かって最後の総攻撃を開始するらしい。目下新募集の軍隊と、新鋳の砲弾とを、続々と前線に輸送中である。そうして貴官……オルクス・クラデル中尉殿は、その来るべき総攻撃の際に於ける死傷者の始末を手伝うために、このキャンプに配属された、最終の一人に相違ないと思われる。

――我が独逸軍の一切の輸送は必ず夜中に限られているようである。仏軍は、そうした我軍の輸送を妨げるために、昨夜も見た通り毎晩日が暮れかかると間もなくから、不規則な間隔を置いて、強力な光弾を打ち上げては、大空の暗黒《まっくろ》の中に包まれた繫留《けいりゅう》気球に仕掛けた写真機で、独逸軍全線の後方を残る限なく撮影しているらしい。僅《わず》かな行李の移動でも直ぐに発見されて、その方向に集中弾が飛んで来るので、輸送がナカナカ手間取っている。現に左手の二、三基米《キロ》の地平線上に、纔《わず》かに起伏している村落の廃墟には、数日前から二個大隊の工兵が、新しい大行李と一緒に停滞したまま動き得ないでいる状態である。

――だからかの光弾の打ち上げられている方向がヴェルダンの要塞の位置で、愈々《いよいよ》攻撃が始まったら、ここいらまでも砲弾が飛んで来ないとは限らない。

――新しく募集した兵卒は戦争に慣れないから、死傷者が驚くべき数に達することは、今から十分に予想されている。云々《うんぬん》。

コンナ話を聞かされているうちに私は何となく横腹がブルブルと震え出して来た。否々《いやいや》決して寒さのためではなかった。五百米《メートル》ばかり隔たった中央の大天幕の中にいる衛生隊司令官のワルデルゼイ軍医大佐の処へ挨拶に行って巨大な原油ストーブの傍に立ちながらもこのブルブルが続いていた。のみならずその司令官の六尺豊かの巨軀と、鬚だらけの獰猛《どうもう》な赤面を仰ぎながら、厳格、森厳を極めた新任の訓示を聞いているうちにも、そのブルブルが一層烈しくなって、胸がムカムカして嘔《は》きそうな気持ちになって来たのには頗《すこぶ》る閉口したものであったが、これは多分私が、戦地特有の神経病に早くも囚《とら》われかけていたせいであろう。実際ソンナ一時的の神経障害が在り得ることを前以て知っていなければ、私はかの時にマラリヤと虎列刺《コレラ》が一緒に来たと思って狼狽《ろうばい》したかも知れないのであった。

しかしイザとなると私は、やはり神経障害的ではあったが、意外な勇気を振い起すことが出来た。零下十何度の殺人的寒気のうちに汗がニジムほどの元気さで胸一パイに立ち働く事が出来た。

その二月の何日であったか忘れたが、たしか総攻撃の始まる前日のことであった。私たちのいるキャンプまで巡視に来た衛生隊司令官のワルデルゼイ軍医大佐は、例の鬚だらけの獰猛な赤面を妙な恰好に笑い歪めながらコンナ予告をした。

「……クラデル博士。ちょっとこっちへ来て下さい。僕がコンナ話をした事は秘密にして置いて貰いたいですがね……ほかでもないですがね。大変に失礼な事を言うようじゃが、伯林《ベルリン》におられる時のような巧妙親切をきわめた、君一流の手腕は、戦場では不必要と考えて貰いたい事です。こんな事を言うたら非常な不愉快を感じられるかも知れないが、それが戦場の慣《なら》わしと思って枉《ま》げて承服して頂きたいものです。その理由は遠からずわかるじゃろうが、イヨイヨとなったら、ほかの処の負傷はともかくも両脚の残っとる奴は構わんからドシドシ前線に送り返して貰わなくちゃ駄目ですなあ。戦線特有の神経障害で腰の抜けた奴は、手鍬《てぐわ》か何かで容赦なく尻ベタをブン殴ってみるのですなあ。それでも立たん奴は、暫《しばら》く氷った土の中へ放って置くことです。それ以上の念を入れる隙があったら、他の負傷者を手当てする事です。時と場合に依っては片目と右手だけ残っている奴でも戦線に並べなくちゃならん。ええですか。ことに今度のヴェルダン総攻撃は……まだいつ始まるかハッキリしないようですが……西部戦線、最後の荒療治ですからなあ。死んだ奴だけは魂だけでも塹壕《ざんごう》に逐《お》い返す覚悟でいないと間に合いませんぞ……ええですか……ハハハ……」

その時も私は妙に気持が重苦しくなって、胴震いが出て、嘔気を催したものであったが……。

　そうしてイヨイヨ総攻撃が始まった。

　昨日までクローム色に晴れ渡っていた西の方の地平線が、一面に紅茶色の土煙に蔽《おお》われていることが、夜の明けるに連れてわかって来た。その下からふんだんに匐《は》い上って来るブルン、ブルン、ブルン、ブルンという重苦しい、根強い、羽ばたきじみた地響きを聞いていると、地球全体が一個の、巨大な甲虫に変化しているような感じがした。それに連れて西の空の紅茶色の雲が、見る見るうちに分厚く、高層に、濃厚になって行くのであった。

　その紅茶色の雲の中から並列して迸る仏軍の砲火の光が太陽色にパッパッパッと翻って見える。空気と大地とが競争で共に震動を、われわれの靴の底革の下へ、あとからあとから膨れ上がらせて来る。それと同時に伝わって来る目にも見えず耳にも聞こえない無限の大霊の戦慄は、サーカスじみた驚嘆すべき低空飛行で、我々の天幕を震撼《しんかん》して行く味方の飛行機すら打ち消し得ない。

　その地殻のドン底から鬱積《うっせき》しては盛り上がり、絶えては重なり合って来る轟音の層が作るリズムの継続は、ちょうど日本の東京のお祭りに奏せられる、あの悲しい、重々しい BAKA-BAYASHI《バカバヤシ》 のリズムに似ている……。

Ten《テン》 Teretsuku《テレツク》 Teretsukutsu《テレツクツ》 Don《ドン》 Don《ドン》

……という風に……あの BAKA-BAYASHI の何億万倍か重々しくて物悲しい、宇宙一パイになる大きさの旋律が想像出来るであろうか……。

　私は日本の東京に来て、はじめてかの BAKA-BAYASHI のリズムを聞いたときに、ほとんど同時に、大勢の人ゴミの中でヴェルダン戦線の全神経の動揺を思い起こして戦慄した。あの時の通りの嘔気が腸《はらわた》のドン底から湧き起こって来るのをジッと我慢した。かの時から私の脊髄骨の空洞に沁み込んで消え残っている戦慄……血と、肉と、骨と、魂とを同時に粉砕し、嘲弄する処の鉄と、火と、コンクリートと BAKA-BAYASHI……地上最大の恐怖を描きあらわすところの最高度のノンセンスのオルケストラ……。

　そのオルケストラの中から後送されて来る演奏済みの楽譜……死傷者の夥《おびただ》しさ。まだ日の暮れないうちに半分、もしくは零になりかけている霊魂の呻吟《しんぎん》が、私達のいる白樺の林の中から溢れ出して、私を無限の強迫観念の中に引き包んでしまった。

　中央の大キャンプと、その周囲を取り巻く小キャンプは無論超満員で、溢れ出したものは、遅く上って来た半欠けの月と、零下二十度近い、霜の氷り付いた黒土原の上に、眼も遥かに投げ出されたままになっている。私も最初のうちは数名の部下を指揮して、それぞれの手当に熱中していたが、終《しま》いには熱中のあまり助手と離れ離れになって、各《めい》自《めい》に何百人かの患者を受け持って、独断専行で片付けなければならない状態に陥った。否……ことによると私が手当てをした人数は何千人に上るかも知れない。あとからあとから無限の感じの中へ忘却して行ったのだから……。

戦後、我独逸軍の衛生隊の完備していたことは方々で耳にして来たものであるが、そんな話を聞く度毎に私は身体が縮まる思いがした。まったくこの時は非道《ひど》かった。手を消毒する薬液は愚か、血を洗う水さえ取りに行く隙《ひま》がなかったので、私の両手の指は真黒く干固まった血の手袋のために、折り曲がりが利かなくなった。一つには非常な寒さのせいであったろう。兵士の横腹から流れ出る生温かい血が手の甲にドクドクと流れかかると、その傷口から臟腑《ぞうふ》の中へ、グッと両手を突っ込みたい衝動に駆られて仕様がないくらいであった。

初めて見る負傷兵はモノスゴかった。

片手や片足のない者はチットモ珍しくなかった。臟腑も横腹にブラ下げたまま発狂してゲラゲラ笑っている砲兵。右の顳顬《こめかみ》から左の顳顬へ射抜かれて視神経を打ち切られたらしい、両眼をカッと見開いたまま生きていて「カアチャン、カアチャン」と赤ん坊みたいな声で連呼している鬚だらけの歩兵曹長。下腭《したあご》を削り飛ばされたまま眼をギョロギョロさして涙を流している輜重兵《しちょうへい》なぞ、われわれ外科医の知識から見ると、奇蹟としか思えない妖怪的な負傷者の大群が、洪水のように戦線から逆流して来て、私の周囲に散らばり拡がって、めいめいそれぞれの苦痛を、隣同士無関係にわめき立てる。または歌を唄い、祈りを捧げ、故郷の親兄弟妻子を夢うつつに語り合う。ゴロゴロと咽喉《のど》を鳴らして息を引き取る……伯林の酒場や、巴里《パリー》の珈琲《コーヒー》店や、倫敦《ロンドン》の劇場と同じ地続きの平面上に在るとは思えない恐怖の世界……死人の世界よりもモット物すごい現実の悪夢世界……そんなものが在り得るならばかの時の光景がそうであったろう。

夜が深くなって来るに連れて……負傷兵が増加して来るに連れて……一層、仕事が困難になって来た。傷口を診察するタヨリになるのは蛍色の月の光と、木の枝の三叉に結び付けて地に立てた懐中電燈の光だけで、それすら電池が弱りかけているらしく光線がダンダンと赤茶気て来る。材料なんぞもほとんど欠乏してしまったので、私は独断で手近い天幕を切り裂いて繃帯《ほうたい》にして、自分の身のまわりだけの負傷者を片付けて行った。戦争が烈しいために、万事の配給が困難に陥っているらしかった。

私がソンナ風に仕事に忙殺されているうちに、白樺の林の奥の方から強力な携帯電燈の光がギラリ――と現われて、患者の間を匐いまわりながらダンダンと私の方へ近付いて来た。私は電池の切れかけている私の電燈に引き較べて、その蓄電装置らしい冴え返った光芒《こうぼう》を羨ましく思った。誰かこっちへ加勢に来るのではないかと、期待しいしいチョイチョイその方向を見ていると、その光の持ち主は思いがけない司令官のワルデルゼイ軍医大佐である事がわかった。

軍医大佐は足の踏む処もなく並び重なっている負傷兵の傷口を一々点検しているらしい恰好である。その傍には工兵らしい下士卒が入れ代わり立ち代わり近付いて来て、大佐が指さした負傷兵を手取り足取り、荒々しく引き立てながら何処かへ連れて行く様子である。

私は軍医大佐の熱心ぶりに感心してしまった。

昼間見た時の同大佐はヒンデンブルグ将軍を小型にしたような、イヤに傲岸、冷血な人間に見えた。今ごろはズット後方の掩蔽部《えんぺいぶ》かキャンプの中で、何処かの配給車が持って来た葉巻でも吹かして納まり返っている事と思っていたが、まさかにこれほどの熱情を持って職務に精励していようとは思わなかった。

そうしたワルデルゼイ大佐の精励ぶりを見ると同時に私は、私の良心が私の肺腔一パイに涙ぐましく張り切って来るのを感じた。そうしてイヨイヨ一所懸命になって、追い立てられるように、次から次へと負傷者の手当てを急いでいたものであったが、間もなく私の間近に接近して来たワルデルゼイ軍医大佐は、私がタッタ今、腓《ふくらはぎ》を手当てして遣ったばかりの将校候補生の繃帯を今一度解いて、念入りに検査し始めた。

それを見ると私は多少の不満を感じたものであった。

……それ以上の手当ては現在の状態では不可能です……

という答弁を、腹の中で用意しながら、掌《てのひら》の血糊をゴシゴシと揉《も》み落としているうちに、果せる哉《かな》、軍医大佐の電燈がパッと私の方へ向けられた。

「……や。クラデル君ですか。ちょっとこっちへ来て下さい」

そう言う軍医大佐の語気には明らかに多少の毒気が含まれていた。しかし私は勇敢に軍医大佐の側《かたわら》に突っ立って敬礼した。

ワルデルゼイ軍医大佐は砲弾の穴の半分埋まっている斜面に寝かされている、まだウラ若い候補生の身体を電燈で指し示した。

「この小僧は眼が見えないと訴えているようですが、真実ですか」

その候補生は鼻の下と腮《あご》に、黄金色《きんいろ》の鬚が薄くモジャモジャと生えかけている、女のような美少年であった。まだ兵卒の服を着ている処を見ると、戦線に出てから何か失策を仕出来《しでか》したために進級が遅れたものらしい。顔から胸が惨酷たらしい鼻血と泥にまみれて、両手とズボンの破れから露出した膝小僧の皮が痛々しく擦《む》り破《ご》れていたが、それでも店頭の臘人形ソックリの青い大きな瞳《め》を一パイに見開いて、鋼鉄色の大空を凝視していた。一心に私らの言葉を聞いているらしい赤ん坊のような表情であった。

その横顔を見ているうちに私は少なからず心が動いた。私は生まれ付きコンナニ醜い恰好に出来ているために女性に愛せられる見込みもなく、男性にはイッモ軽蔑され勝ちで通って来たために、いつの間にか一種の片輪根性みたような性格に陥って来たものであろう。こうした美しい、若い男を見ると、いつも、理屈なしに親しくしてみたい……親切に世話をして遣りたいような盲目的な衝動に駈られて仕様がないのであった。

「ハイ。この候補生は前進の途中、後方から味方の弾丸に腓《ふくらはぎ》を射抜かれたのです。それで匐いながら後退して来る途中、眼の前の十数メートルの処で敵の曳火弾が炸裂《さくれつ》したのだそうです。その時には奇蹟的に負傷はしなかったらしいですが、烈しい閃光に顔面を打たれた瞬間に視覚を失ってしまったらしいのです。明るいのと暗いのは判別出来ますが、そのほかの色はただ灰色の物体がモヤモヤと眼の前を動いているように思うだけで、銃の照準などは無論、出来ないと申しておりましたが……睫毛《まつげ》なぞも焼け縮れておりますようで……」

「ウム。それで貴官はドウ診断しましたか」

「ハイ。多分戦場で陥り易い神経系統の一部の急性麻痺だろうと思いまして、出来るなら後退さして頂きたい考えでおります。時間が経過すれば自然と回復すると思いますから……視力の方が二頭腓腸筋の回復よりも遅れるかも知れませんが……」

「ウム。成る程成る程」

と軍医大佐は頻《しき》りに首肯《うなず》いていたが、その顔面筋肉には何とも言えない焦燥《いらだ》たしい憤懣《ふんまん》の色が動揺するのを私は見逃さなかった。

大佐は、それから何か考え考え腰を曲《かが》めて、携帯電燈の射光を候補生の眼に向けた。私と同様に血塗れになった拇指《おやゆび》と食指で、真白に貧血している候補生の眼瞼を引っぱり開けた。繰り返し繰り返し電燈を点滅したり、候補生の上衣のボタンを引っくり返して、そこに縫い付けてある姓名を読んだりしていたが、そのうちに突然、その候補生の窶《やつ》れた、柔らかい横頬を平手で力一パイ……ピシャリッ……と喰《く》らわせたのには驚いた。そうして、今二つ三つ烈しい殴打《なぐりう》ちを受けて、声も立て得ずに両手を顔に当てたまま手足を縮め込んでいる候補生の軍服の襟《えり》首を右手でムズと摑みながら、

「立てッ……エエ。立てと言うに……立たんかッ……」

と大喝するのであった。

私は昨日の昼間のワルデルゼイ司令官の言葉を思い出した。それは、

……死んだ奴は魂だけでも戦線へ逐い返せ……

という宣言であったが、それほどの切羽《せっぱ》つまった現在の戦況であるにしても、これはまた、何と言う残酷な事をするものだろうと慄え上がっていると、またもさらに驚いた事には、その候補生が自分の膝を、泥と血だらけの両手に摑んで、美しい顔を歪めるだけ歪めて、絶大の苦痛を忍びながらヨタヨタと立ち上がった事であった。

その悲惨そのものとも形容すべき候補生の不動の姿勢を、軍医大佐は怒気満面という態度で見下しながら宣告した。

「……ヨシ……俺に付いて歩いて来い。骨が砕《くだ》けていないから歩いて来られるはずだ。クラデル君……君も一緒に来て見たまえ。研究になるから……」

「……ハ。小官《わたくし》は今すこし負傷兵を片付けましてから……」

「まあいい。ほかの連中がどうにか片付けるじゃろう。……来てみたまえ。吾儕《われわれ》軍医以外の独逸国民が誰も知らない戦争の裏面を見せて上げる。独逸軍の強い理由がわかる重大な秘密だ。君のような純情な軍医には一度、見せて置く必要がある。……これは命令だ……」

「……ハッ……」

と答えて私は不動の姿勢を取った。

軍医大佐はそうした私の眼の前に、苦酸っぱいような、何とも言えない神秘的なよう

な冷笑の幻影を残しながらパチンと携帯電燈の光を消した。佩剣《はいけん》の覇《つか》をガチャリと背後に廻して悠々と白樺の林の外へ歩き出した。

その背後から候補生が、絶大の苦痛に価する一歩一歩を引き摺り始めた。夜目にも白々とした苦しそうな呼吸《いき》を大地にハアーハアーと吐き落としながら……たまらなくなった私が、何がなしにその背後から追い付いて、その右腕を捉《と》えた。自分の肩に引っかけて力を添えて遣ったが、私の背丈《せい》が低すぎるので、あまり力にならないらしかった。

「……ありがとう……御座います。クラデル様……」

候補生が大地に沁み入るような暗い、低い、痛々しい声で言った。白い水蒸気の息をホ――ッと月の光の下に吐き棄てたがモウ泣いているらしかった。

二

私たちの行程は非常に困難であった。

涯《はて》しもなく漫々たる黒土原と、数限りない砲弾の穴が作る氷と泥の陥穽《おとしあな》の連続。その上に縦横ムジンに投出されている白樺の鹿砦《ろくさい》、砲車の轍《わだち》、根こそげの叢《くさむら》の大塊、煉瓦塀の逆立ち、軍馬の屍体。そんなような地獄じみた障害物が、鼠《ねずみ》に嚙《か》じられたような棘々しい下弦の月の光と、照明弾と、砲火の閃光《ひかり》のために赤から青へ、青から紫へ、紫から灰色へ、やがて純白へと、寒い、冷たい氷点下二十度前後の五色の反射を急速度に繰り返しながら、半哩《マイル》ばかり続きに続いた。

私と連れ立った候補生は、途中で苦痛のために二度ばかり失神して、あまり頑強でない私の身体をグラグラと引き摺り倒しかけたが、私が与えた薄荷火酒《メントールブランデ》でヤット気力を回復して、喘《あえ》ぎ喘ぎよろめき出した。お互いにワルデルゼイ大佐の命令の意味がわからないまま、月の出ている方向へ、息も絶え絶えの二人三脚を続けた。

しかし二人とも大佐には追い付き得なかった。大佐は途中で二度ばかり私を振り返って、

「ソンナ奴は放っとき給え。早く来給え」

と嚙んで吐き出すような冷たい語気で言ったが、私の頑固な態度を見て諦《あきら》めたのであろう、そのままグングンと私たちから遠ざかって行った。そうした理屈のわからない残忍きわまる大佐の態度を見ると、私はイョイョ確《しっか》りと候補生を抱え上げて遣った。

候補生はホントウに目が見えないらしかった。その眼の前の零下二十度近い空気を凝視している美しい二重瞼と、青い、澄んだ瞳《ひとみ》には何らの表情も動かなかった。ただその長い、細い、女のような眉毛だけが、苦痛のためであろう、絶えずビリビリ……ビリビリ……と震動しているだけであった。

私は遥かの地平線に散り乱れる海光色の光弾と、中空に辷り登っている石灰色の月の光に、交る交る照らされて行く候補生の羅甸《ラテン》型の上品な横顔を見上げて行くうちに、またも胸が一パイになって来た。こんなに美しい、無邪気な顔をした青年が、気絶するほ

どに痛い足を十基米《キロ》も引き摺り引き摺り、またもかの鉄と火の八ツ裂地獄《ざきじごく》の中へ追い返されるのかと思うと、自分自身が截り呵責《きさい》なまれるような思いを肋骨《あばらぼね》の空隙《すきま》に感じた。

候補生も何か感じているらしく、その大きく見開いた無感覚な両眼から、涙をパラリパラリと落としているのが、月の光を透かして見えた。

私は外套《がいとう》のポケットから使い残りの脱脂綿を摑み出してその涙を拭いて遣った。……すぐに凍傷になる虞《おそれ》があるから……すると候補生は、わななわな指で私の右手を探って、その脱脂綿を奪い取ると、なおも新しく溢れ出して来る涙を自分で拭い拭い立ち佇《ど》まった。ガクガクと戦《おのの》く左足の苦痛をジット唇に嚙みしめ嚙みしめ、だんだん遠ざかって行くワルデルゼイ軍医大佐の佩剣《はいけん》の音に耳を傾けているようであったが、やがてきわめて小さい、虫のような声で私に問うた。

「軍医大佐殿とはモウ余程離れておりますか」

「……ソウ……百　米《メートル》ばかり離れております。何か用事ですか」

候補生は答えないまま空虚な瞳を星空へ向けた。血の気のない白い唇をポカンと開いて、暫《しばら》く何か考えているらしかったが、やがて上衣の内ポケットから小さな封筒大の油紙包みを取り出して、手探りで私の手に渡して、シッカリと握らせた。

しかし私は受け取らなかった。彼の手と油紙包みを一緒に握りながら問うた。

「これを……私にくれるのですか」

「……イイエ……」

と青年は頭を強く振った。なおも湧き出す新しい涙を、汚れた脱脂綿で押えた。

「お願いするのです。この包みを私の故郷の妻に渡して下さい」

「……貴方の……奥さんに……」

「……ハイ、妻の所書きも、貴方の旅費も、この中に入っております」

「中身の品物は何ですか」

「僕たちの財産を入れた金庫の鍵です」

「……金庫の鍵……」

「そうです。その仔細をお話しますから……ドウゾ……ドウゾ……聞いて下さい」

と言ううちに青年は、両手を脱脂綿ごと顔に押し当てて、乞食《こじき》のように連続的にペコペコ……ペコペコと頭を下げた。私はすこし持て余し気味になって来た。

「とにかく……話して御覧なさい」

「……あ……有難う御座います、有難う御座います……」

「サアサア……泣かないで……」

「すみません。済みません。こうなんです」

「……ハハア……」

「……僕の先祖はザクセン王国の旧家です。僕の家にはザクセン王以上の富を今でも保有しております。父は僕と同姓同名でミュンヘン大学の教授をつとめておりました。僕はその一人息子でポーエル・ハインリヒという者です。今の母親は継母で、父の後妻なんですが、僕と十歳ぐらいしか年齢《とし》が違いません。その父が昨年の夏、突然に卒中で亡くなりましてからは、継母は家付きの弁護士をミュンヘンの自宅に自由に出入させておりますが、この弁護士がドウモ面白くない奴らしいのです。いいですか……」

「成る程。よくわかります」

「僕が継母に説き伏せられて三度の御飯よりも好きな音楽をやめて、軍隊に入る約束をさせられたのも、ドウヤラその弁護士の策謀《さくぼう》らしいのです。つまりその弁護士は僕と、僕の新婚の妻との間に子供が出来ないうちに、継母と共謀して、財産の横領を企てているのじゃないかと疑い得る理由があるのです。その弁護士は非常に交際の広い、一種の世間師と言う評判です。ごくごく打算的な僕の継母もこの弁護士にばかり惜し気もなくお金を吸い取られているという評判ですからね。僕をヴェルダンの要塞戦に配属させたのも、その弁護士の秘密運動が功を奏した結果じゃないかと疑われるくらいなんです」

私は太い、長い、ふるえたタメ息を腹の底から吐き出した。最初は不承不承に聞いていた積りであったが、いつの間にか一も二もなく候補生に同情させられていた。

「成る程……現在の独逸には在りそうな話ですね。悪謀《わるさ》に邪魔になる人間は、戦場に送るのが一番ですからね……」

「……でしょう……ですから僕は、僕の財産の一切を妻のイッポリタに譲るという遺言書と一緒に、いろいろな証書や、家に伝わった宝石や何かの全部を詰め込んだ金庫の鍵を、戦線に持って来てしまったんです。ちょうど妻が伊太利《イタリー》の両親の処へ帰っている留守中に、僕の出征命令が突然に来たんですからね。いつもだと僕の妻が喜ぶ事を絶対に好まなかった継母が、不思議なほど熱心に妻にすすめて故郷へ帰らせて、非常な上機嫌で駅まで送ったりした態度が、ドウモ可怪《おか》しいと思っていた処だったのです」

「成る程。よくわかります」

「それだけじゃないのです。私の出征した後で帰って来た妻は、私の母親と弁護士に勧められて、他家へ縁付くように持ちかけられているし、妻の両親も、それに賛成している……と言う手紙が妻から来たのです」

「そりゃあ怪《け》しからんですねえ」

「……怪しからんです……然《しか》し妻は、僕から離別した意味の手紙を受け取らない限り、一歩もこの家を出て行かないと頑張っているそうですが……私たちは固く固く信じ合っているものですからね……」

候補生は一秒の時間も惜しいくらい迅速《じんそく》に、要領よく事情を説明した。恐らく彼が鉄と、火と、毒瓦斯《ガス》の中で一心を凝らして考え抜いて来た説明の順序を、今一度、ここで繰り返したものらしかったが、そのせいか、こうした甘ったるいお惚《のろ》けが、氷のように切迫した人生の一断面を作って、私の全神経に迫って来たのであった。

「どうぞどうぞ後生ですから、この鍵を極秘密の裡《うち》に妻に手渡しして下さい。僕の妻からハインリヒ伯爵家の主婦の地位と、巨額の財産を奪い取るべく暗躍している者が随分多いのですから……」

私は思わず襟《えり》を正した。それは立ち佇まっているうちにヒシヒシと沁み迫って来る寒気のせいではなかった。

見も知らぬ人間にこうした重大な品物を委託するポーエル・ハインリヒ候補生の如何《いか》にもお坊ちゃんらしい純な、無鉄砲さに呆《あき》れ返りながらも、無言のままシッカリと油紙包みを受け取った。

「……ありがとう御座います。ドウゾドウゾお願いします。……僕は……僕はこの悩みのために二度、戦線から脱走しかけました。そうして二度とも戦線に引き戻されましたが、その三度目の逃亡の時に……今朝です……ヴェルダンのX型堡塁前の第一線の後方二十米《メートル》の処の、夜明け前の暗黒の中で、この腓を上官から撃たれたのです……この包みを妻に渡さない間は、僕は安心して死ねなかったのです」

「…………」

「……しかし……しかし貴方はこの上もなく御親切な……神様のようなお方です。僕の言葉を無条件で真実と信じて下さる御方であるという事が、僕にチャントわかっていいます。……どうぞどうぞお願いします。クラデル先生。どうぞ僕を安心して、喜んで祖国のために死なして下さい。眼は見えませんが敵の方向は音でもわかります。一発でもいいから本気で射撃さしてください。独逸軍人の本分を尽くして死なして下さい」

そう言ううちにポーエル候補生は手探りで探り寄って来て、私の両肩にシッカリと両手をかけた。私の軍帽の庇《ひさし》を見下して、マジリマジリと探るように凝視していたが、イクラ凝視しても、何度眼をパチパチさしても私の顔を見る事が出来ないのが自烈度《じれった》いらしかった。

「……見えません。……見えません。神様のような貴方のお顔が見えません……ああ……残念です……」

私は思わず赤面させられた。私は自分の顔の醜さを知っている。それがアンマリ立派な神様ではない……コンナ顔は見られない方がいい……と思った。

「ナアニ、今に見えるようになりますよ。失望なさらないように……」

候補生は真黒く凍った両手で、私の鬚だらけの両頬をソッと抱え上げた。両眼をシッカリ閉じて頭低《うなだ》れた。その瞼から滴り落ちる新しい涙の一粒一粒が、光弾の銀色の光を宿して、黒い土に消え込んだ。少年は神様に祈るような口調で言った。

「僕はモウジキ死にます。遅かれ早かれヴェルダンの土になります。……その前にタッタ一眼先生のお顔を見て死にとう御座います。先生のお顔を記憶して地獄へ墜ちて行きとう御座います。ほかに御礼のし方がありませんから……モウ……太陽も……月も……星も……妻の顔も見ないでいいです。そんなものは印象し過ぎるほど、印象しておりますから。タッタ一眼……御親切な先生のお顔を……ああ……残念です……」

私はモウすこしで混乱する処であった。

死のマグネシューム光が照らし出す荒涼たる黒土原……殺人機械の交響楽が刻み出す氷光の静寂のうちに、あらゆる希望を奪い尽くされた少年が、タッタ一つの恩人の顔だけを見て死にたいと憧《あこが》れ願っている……その超自然的な感情を裏書きする戦争の暴風的破壊が……秒速数百米《メートル》の鉄と火の颶風《ぐふう》、旋風、飄風《ひょうふう》、颱風《たいふう》がその魘《おび》え切った霊魂のドン底に纔《わず》かに生き残っている人間らしい感情までも、脅やかし、吹き飛ばし、掠奪しようとする。その怖ろしい戦争の無限の破壊力の中から、何でも構わない、美しい、楽しい、霊的なものの一片でも摑み止めようとしている少年の憐れな努力……溺《おぼ》れかけている魂が、海底へ持って行こうとしている小さな花束……それがあの醜い私の顔である事にやっと気が付いた私はモウ、ドウしていいかわからなくなってしまった。

　しかし地平線の向こうでダンダンと発狂に近付いて来るヴェルダン要塞の震動に、凝《じ》然《つ》と耳を傾けていた候補生は、間もなく頭を強く左右に振った。ヨロヨロと私から退《しりぞ》き離れた。

「ああ。何もならぬ事を申しました。さあ参りましょう。軍医大佐殿が待っておられますから……疑われると不可《いけ》ませんから……」

　私はここでシッカリと候補生を抱き締めて、何とか慰めて遣りたかった。昂奮の余りの超自然的な感情とは言え、この零下何度の殺気に鎖《とざ》された時間と空間のうちで、コンナに美しい、純な少年からこれほどまでに信頼され、感謝された崇高な一瞬間を、私の一生涯のうちでも唯一最高の思い出として、モットモット深く強く印象したかった。

　しかし候補生は何かしら気が急《せ》くらしく、早くも私の肩から離れて、よろぼいよろぼい歩き出していた。しかも驚くべき事には、その少年の一歩一歩には今までと見違えるほどの底強い力が籠っていた。それは私の気のせいばかりではなかった。真実《ほんとう》に心の底からスッカリ安心して、勇気づけられている歩きぶりであった。少年らしい凜々《りり》しい決心が全身に輝き溢れていて、その頰にも肩にも苦痛の痕跡さえ残っていなかった。その見えない二つの瞳には、戦場に向かって行く男の児特有の勇ましい希望さえ燃え輝いていた。

私は神様に命ぜられたような崇高な感じに打たれつつ蹌踉《そうろう》として候補生に追い縋った。無言で肩を貸して遣って、またも近付いて来る砲弾の穴を迂回させて遣った。

三

やがて二基米《キロ》も来たと思うころ、半月の真下に見えていた村落の廃墟らしい処に辿《たど》り付いた。

その僅《わず》かに二、三尺から、四、五尺の高さに残っているコンクリートや煉瓦塀の断続の間に、白と黒と灰色の斑紋《まだら》になった袋の山みたような物が、射撃場の堤防ぐらいの高さに盛り上がっていた。私はそれを工兵隊が残して行った大行李の荷物か、それとも糧秣《りょうまつ》の山積みかと思っていたが、だんだん接近するに連れて、その方向から強烈な、たまらない石油が流れて来たので、怪訝《おか》しいなと思って、なおも接近しながらよくよく見ると、その袋の山みたようなものは皆、手足の生えた人間の死骸であった。

白い斑と見えたのは顔や、手足や、服の破れ目から露出した死人の皮膚で、それが何千あるか、何万あるか判然《わか》らない。私たちが今までいた白樺の林から運び出されたものも在ったろうし、途中で死亡して直接にここに投げ棄てられたものも在ったろう。石油の臭気は、そんな死体の山を一挙に焼きつくす積りでブッかけて在ったものと考えられる。

青褪《あおざ》めた月の光と、屍体の山と、たまらない石油の異臭……屍臭……。

もうスッカリ麻痺《まひ》していた私の神経は、そんな物凄い光景を見ても、何とも感じなかったようであった。候補生を肩にかけたままグングンとその死骸の山の間に進み入った。ガチャリガチャリと鳴る軍医大佐の佩剣の音をアテにして……。

そこは戦前まで村の中央に在った学校の運動場らしかった。周囲に折れたり引き裂かれたりしたポプラやユーカリの幹が白々と並んでいるのを見てもわかる。その並木の一本一本を中心にして三方に、四、五米《メートル》高さの堡塁のように死骸が積み重ねてあって、西の方の地平線、ヴェルダンに向かった方向だけがU字型に展開されているのであった。

その広場の中央に近く、やはり数十の負傷兵が、縦横十文字に投げ出されたように寝転がっていたが、しかしこの負傷兵たちが、何のために白樺の林から隔離《はな》されて、こんな陰惨な死体の堡塁の中間に収容されているのか私はサッパリ見当が付かなかった。しかもこの連中は比較的軽傷の者が多いらしく、村の入口らしい石橋の処で待っていた大佐と私たちとが一緒になって中央に進み入ると、寝たまま半身を起こして敬礼する者がいた。それは特別に軍医の注意を惹《ひ》いて、早く治療を受けたいといったような、負傷兵特有の痛々しい策略でもないらしい敬礼ぶりであった。

しかしワルデルゼイ軍医大佐は、その方をジロリと見たきり、敬礼を返さなかった。直ちに私の方を振り返って、

「その小僧をそこへ突き放し給え」

と言ったが、その鬚だらけの顔付の恐ろしかったこと……月光を背にして立っていたせいでもあったろう、地獄から出張して来た青鬼か何ぞのように物凄く見えた。


私が候補生を地面にソッと寝かしてやると、軍医大佐は苦々しい顔をしたまま私を身近く招き寄せた。携帯電燈をカチリと照らして、そこいらに寝散らばっている負傷兵の傷口を、私と一緒に一々点検しながら、無学な負傷兵にはわからない露西亜《ロシア》語と、羅甸《ラテン》語と、術語をゴッチャにした独逸語で質問しはじめた。

「この傷はドウ思うね……クラデル君……」

「……ハ……右手掌、貫通銃創であります」

「普通の貫通銃創と違った処はないかね」

「銃創の周囲に火傷があります」

「……と言うと……どういう事になるかね」

私はヤット軍医大佐の質問の意味がわかった。

しかし私は返事が出来なかった。……自分の銃で、自分の掌を射撃したもの……と返事するのは余りに残酷なような気がしたので……。

大佐は鬚の間から白い歯を露《あら》わしてニヤリと笑った。直ぐに次の負傷者に取りかかった。

「そんならこの下士官の傷はどう思うね」

「……ハ……やはり上膊部の貫通銃創であります。火傷は見当たらないようですが……」

「それでも何か違うところはないかね」

「……弾丸《たま》の入口と出口との比較が、ほかの負傷兵のと違います。仏軍の弾丸ではないようで……至近距離から発射された銃弾の貫通創と思います」

「……ウム……ナカナカ君はよく見える。そこでつまりどういう事になるかね」

私はまたも返事に困った。前の時と同じ理由で……。

「この脚部の傷はどう思うね。君が今連れて来た候補生だが……」

「弾丸の入口が後方に在ります」

「……というとドンナ意味になるかね」

「…………」

「それじゃ君……コッチに来たまえ。この腕の傷がわかるかね」

「わかります。弾丸の口径が違います。私が剔出《てきしゅつ》してやったのです」

「何の弾丸だったね。それは……」

「…………」

「味方の将校のピストルの弾丸じゃなかったかね」

「…………」

「……ハハハ……もう大抵わかったね。ここに集めて在る負傷兵の種類が……」

「……ハイ……ワ……わかりました」

私は何故となくガタガタ震え出した。

しかしワルデルゼイ軍医大佐は、依然として「研究」を中止しなかった。なおも次から次へと私を引っぱりまわして、ほとんど百名に近いかと思われる負傷者の患部を診察しては質問し、質問しては次に移って行ったが、いずれもその最後は、私が答える事の出来ない質問に帰着する種類の負傷ばかりであった。

それは私にとって一つの拷問《ごうもん》であった。

凄惨きわまる屍体の山と石油臭の中に隔離《はな》されている約一小隊の生霊に、モウ間もなく与えられるであろう軍律の制裁……或る不可知の運命を考えさせられながら、その不名誉この上もない……寧《むし》ろ悲惨事以上の悲惨事とも見るべき超常識的な負傷の傷口を一々、念入りに診察して行くうちに、私の背筋の全面が気温を超越した冷汗にジットリと蔽《おお》われた。烈しい恐怖の予想から来る荒い呼吸のために、私の鬚《ひげ》の一本一本が真白い霜に蔽われた。膝頭と歯の根が同時にガタガタと音を立てそうになって来た。そうして百に近い負傷兵の何となく魘《おび》えた、怨《うら》めしそうな、力ない視線に私の全神経が射竦《いすく》められて、次第次第に気が遠くなりかけて来た時にヤット全部の診察、研究《うしろ》が終わると、大佐は私を些《すこ》し離れた小高い土盛の上に連れて行って、軍刀をグット背後《うしろ》に廻した。両耳の蔽いを取って自分の顔を、手袋をはめた両手で強く摩擦《まさつ》し始めた。

「……そこでクラデル君。これらの全部の負傷の種類を通じての特徴として、君は何を感じますかね」

「……ハッ……。皆、味方の銃弾か、銃剣によって傷ついている事であります。砲弾、毒瓦斯、鉛筆（仏軍飛行機が高空から撒布していく短い金属製の投矢の一種）等の負傷は一つもない事です」

「……よろしい……」

吾が意を得たりという風に言い放った軍医大佐はピタリト顔面の摩擦を中止した。満足げに首肯《うなず》き首肯き小高い土盛の中央に月の光を背にして立った。今一度、勢いよく軍刀の鞘《さや》を背後《うしろ》に押し遣って咳一咳した。振り返って見ると背後のヴェルダンの光焔が、グングンと大空に這い昇って、星の光を奪いつつ湧き閃めいている。

その時に姿勢を正したワルデルゼイ軍医大佐は、三方の屍体の山を見まわしながら真白い息を吐いて長吼《ちょうく》した。

「……皆ア……立てェ――ッ……」

アッチコッチに寝転がっていた負傷兵が皆、弾かれたようにヒョコリヒョコリと立ち上がった。中には二、三人、地面に凍り付いたように長くなっている者も在ったが、それは早くも軍医大佐の命令の意味を覚《さと》って、失神した連中であったらしい。

何らの反響も与えない三方の屍体の山が、言い知れぬモノスゴイ気分を場内一面に横溢させている。

「皆、俺の前に一列に並べ、早く並べ……何をしとるか。倒れとる奴は引き摺り起こせ」

声に応じて二、三人の負傷兵が寄り集まって、長くなっている仲間を抱き上げようとしたが結局、無駄であった。正体のなくなっている酔漢と同様にグタグタとなって何処も何処も戦友の腕から辷《すべ》り落ちるのであった。真実《ほんとう》に気絶しているらしいので、凍死してはいけないと思って私が近付いて行こうとするのを大佐が押し止めた。

「……放っとき給え……ほっとき給え……凍死する奴は勝手に凍死させて置け。そんな者はいいから早く並べ。……ヨオシ……皆気を付け……整頓……番号……」

「二、三、四……八十……八十一ッ……」

「八十一か……」

「ハイ。八十一名であります」

最後にいるポーエル候補生が真正面を向いたまま答えた。

「よろしい。寝ている奴が三人と……合計八十四名だな」

「そうであります」

今度は候補生の一つ前にいる中年の軍曹が答えた。ピストルで腕を撃たれている男だ。肩から白い繃帯《ほうたい》と副木《ふくぼく》で綿に包まれた片腕を釣っているのがこの場合、恐ろしく贅沢《ぜいたく》なものに見える。

「よろしい……」

軍医大佐がまたも咳一咳した。

「……馬鹿ッ……誰が休めと言うたか……銃殺するぞ。馬鹿者奴がッ。……気を付け……

…」

死骸の山を背景にして、蒼白な月光に正面した負傷兵の一列の顔はドレもコレも生きた色を失っていた。死人よりも力ない……幽霊よりもタヨリない表情であった。その生きた死相の行列は、一生涯私の網膜にコビリ付いて離れないであろう。

「……汝らは……何故《なにゆえ》に普通の負傷兵から区別されて、ここに整列させられているか、自分で知っているか」

軍医大佐の言葉が終わらぬうちにまたも二、三人、気が遠くなったらしい。ドタリドタリと棒倒しに引っくり返った。ヤット自分達の立場が彼らにわかったらしい。

ツルツルと一筋、つめたい汗の玉が背筋を走ったと思うと、私も眼の前の光景が、二、三十基米《キロ》も遠方の出来事のように思えて来た。

倒れた仲間を振り返って見る者は愚か、身動きする者すらいなかった。皆、蒼白い月の光の中に氷結したようにシインと並んで立っていた……その時の彼らがドンナ気持ちで立っていたか、私には想像出来なかった。ただボンヤリと飾氷《かざりごおり》の中の花束の行列《アラベスク》を連想させられていただけであった。死んだまま立っている人間の行列……死刑を宣告されかけている負傷兵の一小隊……。

「わからなければモウ一つ質問する」

軍医大佐は一歩前進して自分の背後を指《ゆびさ》した。

「眼を開いて汝等の正面を見よ。かの物凄い銃砲の音と、火薬の渦巻を見よ。あれが見えるか。あれは一体、何事であるか……わかるか……」

「…………」

誰も返事をしなかった。返事の代わりにまたも二、三人バタリバタリと引っくり返っただけであった。

「……よろしい……それから……廻れエ、右ッ……」

皆、機械のように決然と廻転した。序《ついで》にブッ倒れた者もいたくらい元気よく……。

「よしッ。汝らの背後《うしろ》に山積みしてある汝らの同胞の死体を見よ……これはイッタイ何事であるか。汝らの同胞は何のためにコンナ悲壮な運命を甘受しているのか……わかるか……」

思い出したように頸《うなだ》低れた者が四、五人。軍服の袖を顔に当ててスス泣きを始めた者が二、三人……。

光弾が……仏軍のマグネシューム光がタラタラと白い首筋の一列を照らして直ぐに消えた。

「……よろしい。廻れエ、右ッ……整頓……。わからなければ今一つ尋ねる。ええか。

……イッタイ吾々軍医なるものは何のために戦場に来ているのか汝らは知っているか」

「…………」

「……ただ自分達の負傷の手当てのためにばかり来ていると思ったら大間違いだぞ。汝らのような売国奴同然の非国民を発見して処分するのが俺達、軍医の第一、第二、第三の責務である。負傷の手当てなどいうものは第四、第五の仕事という事を知らないのか！　エエッ！」

そう言ううちにまたもバタバタ四、五人卒倒した。歯の抜けたようになった一列横隊がまたも、アリアリと光弾に照らし出された。

ワルデルゼイ軍医大佐はさらに強く咳一咳した。声がすこし嗄《しゃが》れたせいか、口調が一層、深刻に冴え返って来た。傍に立っている私までも、気絶することを忘れて傾聴させられた。

「……ええか……よく聞け……軍医の学問の第一として教えられることは自傷《ゼルウー》の鑑別方法《みわけかた》である。戦場から退却《しりぞ》きたさに、自分自身で作る卑怯な傷の診察し方である。吾儕《われわれ》軍医はこれを自傷《ゼルブスト・ウンデ》……略してＳ《ゼル》・Ｗ《ウー》と名付けている。すなわちＳ・Ｗの特徴は生命《いのち》に別条のない手や足に多い事である。そんな処を戦友に射撃して貰ったり、自分で射撃したりして作った傷は、距離が近いために貫通創の付近に火傷が出来る。火薬の燃え粕《かす》が黒いポツポツとなって沁み込んでいる事もある。……さもなくとも仏軍の弾丸《たま》と吾軍の弾丸は尖頭の形が違うために傷口の状況が、一目でわかるほど違っている。口径の違うピストルの傷は尚更、明瞭である。塹壕《ざんごう》の外に故意《わざ》と足を投げ出したり、手を突き出したりして受けた負傷と、銃身を構えて前進しながら受けた傷とは三歳児《みつご》でも区別出来ることを汝らは知らんのか。それくらいの自傷がわからなくて軍医がつとまると思うのか。そんな卑怯な、横着な傷に吾儕《われら》軍医《ゼルウー》が欺《あざむ》かれて、一々鉄十字勲章と年金を支給されるように吾々が取り計らって行ったならば、国家の前途は果たしてドウなると思っているのか。常識で考えてもわかる事だ……仮病。詐病。佯狂《にせきちがい》。そのほか何でも兵隊が自分自身で作り出した肉体の故障なれば、一目でわかるように看護卒の端々までも仕込まれているのだぞ……俺達は……」

「……………」

「……現在……汝らの父母の国は、汝らの父母が描きあらわした、偉大な民族性の発展を恐れ憎んでいる全世界の各国から撃滅されんとしつつ在る。学術に、技芸に、経済政策に、模範的の進取精神を輝かして、世界を指導せんとしている吾々民族に対して、卑怯、野蛮な全世界の未開民族どもが、あらん限りの非人道的な暴力を加えつつ在る。英、仏、伊、露、米、等々は皆、吾々の文化を恐れ、吾々の正義を滅ぼそうとしている旧式野蛮《やばん》国である……わかったか……」

「……………」

「これを憤ったカイゼルは現在、吾々を率《ひき》いて全世界を相手に戦っている。汝らの父母、同胞、独逸民族の興亡を賭《と》して戦っている。人類文化の開拓のために……よろしいか…

…」

「……………」

「その戦いの勝敗の分岐点……全独逸民族の生死のわかれ目の運命は、今、汝らの真正面に吠《ほ》え、唸り、燃え、渦巻いているヴェルダンの要塞戦にかかっているのだ。その危機一髪の戦いに肉弾となって砕けた勇敢なる死骸は……見ろ……汝らの背後にあの通り山積みしているのだ。……その死骸を見て汝らは恥ずかしいとは思わないか……」

「……………」

「汝等はそれでも人間か。光栄ある独逸民族か。世界を敵として正義のために戦うべく、父母兄弟に送られて来た勇士と思っているのか」

「……………」

「……下等動物の蟻《あり》や蜂を見よ。あんな下等動物でも汝らのような卑怯な本能は持っていないぞ。汝らはじつに虫ケラ以下の存在だ。神……人……共に憎む破廉恥漢《はれんちかん》とは汝らの事だ。……汝らは売国奴だ。非国民だ。生かして置けば独逸軍の士気に関する害虫だ。ボルセビイキ以上の裏切者だ……」

「……………」

「汝らは戦死者の列に入る事は出来ない。無論……故郷の両親や妻子にも扶助料は渡らない覚悟をしろ。ただ汝らの卑怯な行為が、汝らの父母、兄弟、朋友たちに絶対に洩らされない……軍法会議にも渡されない……今日ただ今限りの秘密のうちに葬むられる事を、無上の名誉とし、光栄として余の処分を受けよ」

私はモウ立っている事が出来ないくらいふるえ出していた。眼の前の負傷兵の一列が、どうして身動き一つせずにチャント立っているのだろうと、不思議に思ったくらいであった。

ワルデルゼイ軍医大佐は、演説を終わると同時に右手を唇に当てて、呼子の笛を高らかに吹き鳴らした。その寒い、鋭い音響が私の骨の髄まで沁み透って、またも気が遠くなりかけた処へ、私の背後の月の下からオドロオドロしい靴の音が湧き起こって来たので、私はまたハット気を取り直した。ポケットに忍ばせていたメントール酒の残りをグット一気に飲み干して、背筋を匐い上る胴震いと共にホーッと熱い呼吸《いき》を吐いた。わななく膝を踏み締めて、軍医大佐と共に横の方へ退いた。

それは輜重隊《しちょうたい》の大行李に配属されている工兵隊の一部が、程近い処に伏せて在ったものであろうと思われる。かねてから打ち合わせて在ったと見えて、一小隊約百名ばかりの腮紐《あごひも》をかけた兵卒が負傷兵に正面して一列に並んだ。並ぶと同時に銃を構えてガチャガチャと装塡《そうてん》しはじめた。

その列の後方から小隊長と見える一人の青年士官が、長靴と長剣の鎖を得意気に鳴らして走り出て来た。軍医大佐の前に来て停止すると同時に物々しく反《そ》り返って、軍刀をギラリと引き抜いて敬礼した。

折からヴェルダンの中空に辷り昇った強力な照明弾が、向かい合った味方同士の行列を、あくまでも青々と、透きとおるほど陰惨に照らし出した。

その背後の死骸の山と一緒に……。

四

若い小隊長は白刃を捧げたまま切口上を並べた。

「フランケン・スタイン工兵連隊、第十一中隊、第十二小隊カアル・ケンメリヒ中尉……」

「イヤ。御苦労です」

軍医大佐は巨大《おおき》な毛皮の手袋を穿《は》めた右手を挙げて礼を返した。その右手で、左から右へ水平に、残忍な……極度に冷静な一直線を指し描いた。

「この犬奴《いぬめ》らを片付けて下さい」

「……ハッ……ケンメリヒ中尉は、この非国民の負傷兵等をカイゼルの聖名《みな》によって、今、直ぐに銃殺させます」

後方勤務でウズウズしていた若い、忠誠なケンメリヒ中尉は、この使命を勇躍して待っていたらしい。今一度、私ら二人に剣を捧げると靴音高らかに、活発に廻れ右をした。

トタンに照明弾が消えて四周《あたり》が急に青暗くなってしまった。網膜が作る最深度の灰色の暗黒の中に何もかもがグーンと消え込んで行ってしまった。

「……軍医殿……ワルデルゼイ大佐殿……」

と言う悲痛な叫び声が、照明弾の消滅と同時に負傷兵の一列の中から聞こえた。それは腹のドン底から絞り出る戦慄を含んだカスレ声であった。

……と思ううちに忘れもしない一番右翼にいた肩を負傷した下士官が、青暗い視界の中によろめき出て来て、私たちの足下にグタグタとよろめき倒れた。起き上がろうとして悶《もだ》えながら、苦痛に歪んだ半面を斜めに、月の光の下に持ち上げた。そのまままきわめて早口に……ほとんど死物狂いの意力をあらわしつつハッキリと言った。

「……ミ……皆を代表して申しますッ。コ……ここで銃殺されるよりも……イ……今一度、戦線へ返して下さいッ。イ……一発でも敵に向かって発射さして、死なして下さいッ。戦死者の列に入れて下さいッ……アッ」

いつの間にか駈け寄って来たケンメリヒ中尉が、恐ろしく憤激したらしく、半身を支え起こしている軍曹の軍服の背中を、革鞭《むち》のようにしなやかな抜身の平で力一パイ……ビシン……ビシン……と叩きのめした。

「エエッ。卑怯者ッ。今更となって……恥を晒《さら》すかッ……コン畜生、コン畜生……コン畜生ッ……」

「アイタッ……アタッ……アタアタッ……サ……晒します、晒しますッ。ワ……私は……故郷にいる、年老いた母親が可哀そうなばっかりに……もう死ぬるかも知れないお母さんが……タッタ一眼会いたがっている老母がいる……おりますばっかりに……自……

自傷しました……」

「ええッ。未練者……何を言うかッ……」

「アタッ。アタッ。わかりました。……もうわかりましたッ。何もかも諦めました。ヴェルダンの火の中へ行きます。……喜んで……アイタッ……アタアタアタアタアタッ」

月光に濡れた工兵中尉の剣先がビィヨンビィヨンと空間に撓《しな》った。

「……ナ……何を吐かす。卑怯者……売国奴……」

「アッツツツ。アタッ。アタッ、待って、待って……下さい。皆も……皆も私と同じ気持です。同じ気持です。どうぞ……どうぞこの場はお許し……お許しを……アタッ……アタッ……アタアタアタッ……ヒイ――ッ……」

可哀そうに軍曹は熱狂したケンメリヒ中尉の軍刀の鞭の下に気絶してしまった。私は衝動的に走り寄って、メントール酒の瓶を軍曹の唇に近付けたが、瓶《びん》が空っぽになっている事に気付いたので憮然《ぶぜん》として立ち上がった。

その時にワルデルゼイ軍医大佐は、なおも懸命に軍刀を揮《ふる》いかけているケンメリヒ中尉を遮《さえぎ》り止めた。

「……待ち給え。待ち給え。ケンメリヒ君……皆がこの軍曹の言う通りの気持ちなら、ここで犬死にさせるのも考え物ですから……」

そう言った軍医大佐の片頬には、何かしら残忍な冷笑らしいものが浮かんでいるように思った……がしかしそれは極度に神経を緊張させていた私の錯覚か、または仄青《ほのあお》い光線の工合であったかも知れない。そのままガチャリガチャリと洋刀《サーベル》を鳴らしながら軍医大佐は、向かい合っている二列の中間に出て行った。

不平そうに頬を膨らしているケンメリヒ中尉と、ホッとした私とが、その背後《あと》から跟《つ》いて行った。

十米《メートル》ばかりを隔てて向かい合った二列の中央に来ると軍医大佐は、またも二つ三つ揚がった光弾の光を背に受けながら、毅然《きぜん》として一同を見まわした。

同じように不動の姿勢を執っている負傷兵たちの頬には皆、涙が流れていた。その涙が光弾のゆらめきを蒼白くテラテラと反映していた。

しかしそのうちにタッタ一人、列の最後尾に立っている候補生の美しい横顔だけは濡れていなかった。……のみならず何かしらニコニコと不可思議な微笑を浮かべて真正面を凝視しているのが、さながらに天国の栄光を仰いでいる使徒のように神々しく見えた。けれども大佐は候補生の微笑に気付かなかったらしい。今度はハッキリした軽い冷笑を片頬に浮かべながら今一度、一同を見廻した。

「何だ、皆泣いているのか。馬鹿共が……何故早く拭《ぬぐ》わぬか。凍傷になるではないか……休めい……」

負傷兵たちが一斉に頭を下げてススリ泣きを始めた。各自に帽子や服の袖で顔を拭いまわし始めると、今まで緊張し切っていた場面の空気が急に和《なご》やかになって来た。

ケンメリヒ中尉が背後の工兵隊を顧みて号令を下した。まだイクラカ不満な声で……。

「立てえ銃……休めえ」

「気を付け……」

と大佐が負傷兵たちに号令した。右翼の兵卒が二名出て来て、気絶している軍曹を抱え起こして行った。

「皆わかったか」

「わかりました」

と全員が揃って答えた。生き返ったような昂奮した声であった。

大佐も幾分調子に乗ったらしい。釣り込まれるように両肱《ひじ》を張り、両脚を踏み拡げて、演説の身構えになった。

「……よろしい……大いによろしい……現在の独逸は、数百カラットの宝石よりも、汝らに与える一発の弾丸の方が、はるかに勿体《もったい》ないくらい、大切な場合である。同様に汝らの生命が半分でも、四分の一残っても構わない。ヴェルダンの要塞にブッ付けなければならないのが我儕軍医の職務である……わかったか……」

「わかりました」

大佐の演説の身振りがだんだん大袈裟《げさ》になって来た。

「……よろしい……もうすこし言って聞かせる……近いうちに独逸の艦隊が、英仏の連合艦隊をドーバーから一掃してテエムズ河口に殺到する。そうしたら倫敦《ロンドン》は二十四時間のうちに無人の廃墟となるであろう。一方にヴェルダンが陥落してカイゼルの宮廷列車が巴里《パリ》に到着する。逃場を失った連合軍はピレネ山脈とアルプス山脈の内側で、悉《ことごと》く殲《せん》滅《めつ》されるであろう。独逸の三色旗が世界の文化を支配する暁が来るであろう。その時に汝らは一人残らず戦死しておれよ。それを好まない者はタッタ今銃殺して遣る。……味方の弾丸を減らして死ぬるも、敵の弾丸を減らして死ぬるも死は一つだ。しかし光栄は天地の違いだぞ……わかったか……」

「わかりました」

大佐は演説の身なりをピタリと止めて、厳正な直立不動の姿勢に返った。右手を揚げて列の後尾を指した。

「……よし行け……その左翼の小さい軍曹……汝の負傷は一番軽い上膊《じようはく》貫通であろう。汝……引率して戦場へ帰れ。負傷が軽いので引き返して来ましたと、所属部隊長に言うのだぞ……ええか……」

「……ハッ……陸軍歩兵軍曹……メッケルは負傷兵……八十……四名を引率してヴェルダンの戦線に帰ります。軽傷でありましたから帰って来ましたと各部隊長に報告させます」

「……よろしい……今夜の事は永久に黙って置いて遣る……わかったか……」

「……わかりました。感謝いたします」

「……ヤッ……ケンメリヒ中尉。御苦労でした。兵を引き取らして休まして下さい。御覧の通り片付きましたから……ハハハ……」

そんな風に、急に気軽く砕けて来た軍医大佐の、あたたかい笑い声を聞くと同時に、私の全身がゾオッと泡《あわ》立って来た。頭の毛が一時にザワザワザワと逆立ち始めた。……今までの出来事の全体が、一種の極端な芝居ではなかったか……といったようなアラレモない感じが、頭の片隅にフッと閃めいたからであった。

それは今の今まで、この鋼鉄製の脳髄を持った軍医大佐から、あまりにも真剣過ぎる超自然的な試練に直面させられて、ヘトヘトにまでタタキ付けられている私の脳髄が感じた一種の弱い、しかし強く鋭い一種の幻覚錯覚であったかも知れない。

……ワルデルゼイ軍医大佐は元来、非常な悪党なのではあるまいか。西部戦線の裏面に巨大な巣を張りまわして、こうした方法で出征兵士の生血《いきち》を啜っている稀代の大悪魔なのではあるまいか。大佐は出征兵士の故郷の人々から金を貰って、いろいろな不正な事を頼まれているのではあるまいか。

……戦争がその背後に在る国民の心を如何に虚無的にし、無道徳にし、かつ邪悪にするかという事実は、吾が独逸の国民史を繙《ひもと》いてみても直ぐにわかる事である。しかも近代的な唯物観から来た虚無思想と、法律至上主義によってゲルマン民族の伝統的な誇りとなっていた吾が独逸国内の家庭道徳が片端から破壊されつつ在る今日に於て勃発《ぼっぱつ》した戦争である以上、こうした崩壊《ほうかい》の道程に在る家庭内の不満、不道徳が、独逸軍の裡面に反映しないはずはないのである。

……出征兵士の中には、かの美少年候補生が話したような家庭の事情のために、是非とも殺されなければ都合の悪い運命を背負っている若い連中が、何人混交《まじ》っているかわからないであろう。その気の毒な犠牲候補たちが、万が一にも負傷して後送される事のないように……またはソンナ連中が、故郷の事を気にかける余りに、自傷手段で戦線から逃出して来るような事がないように、大佐は平生《ふだん》から沢山《たくさん》の賄賂《わいろ》を貰って、シッカリと頼まれているのではあるまいか。

……だから、あんなに熱心に患者を診察して廻ったのではあるまいか。そうして、そんな連中を何でもない普通の自傷兵とゴッチャにして、あんな風に脅迫して、無理矢理に戦線へ送り返しているのではないか。……だから、私を利用してその計略の裏を掻いた候補生が、あんなにニコニコと微笑しているのではなかろうか……。

……といったような途方もない、在り得べからざる邪悪な疑いが、腸の底から湧き出す胴震いと一緒に高まって来た。そうしてソンナような馬鹿馬鹿しい、苦痛にみちみちた悪夢からヤッと醒めかけたような……ホッとしたような気持ちになると同時に私はまた、急に胸がムカムカして嘔きそうな気持ちになって来た。何とも感じなくなっていた屍臭と石油臭が、俄《にわ》かに新しく、強く鼻腔を刺激し始めた……が……そのまま無理に平気を装って、軍医大佐の背後に突っ立っていた。

そうした私の疑惑を打ち消すかのように、向かい合っていた二条の一列横隊は、私たちの眼前で同時に反対の方向を先頭にした一列縦隊に変化した。そうして一方は元気よく、勝ち誇ったように……一方は屠所《としょ》の羊のように、または死の投影のように頸低《うなだ》れて、気絶した仲間を扶《たす》け起こし扶け起こし、月光の真下で別れ別れになって行った。

その別々の方向に遠ざかって行く兵士の行列をジイッと見送っているうちに、私はまたも、さらに新しい根本的な疑惑の中に陥って行った。

……彼らは一体、何をしに行くのであろうか……。

……戦争とは元来コンナものであろうか。彼らが戦争に行くのは国のためでも、家のためでもない。ただワルデルゼイ大佐に威嚇《いかく》されて、死刑にされるのが厭さにヴェルダンの方向へ立ち去るのではあるまいか。

……これが戦争か。これが戦争か。コンナ人間同士を戦わせるのが戦争ならば、戦争の意義は何処に在る……。

私はいつの間にか国家も、父母も、家庭も持たない、ただ科学を故郷とし、書物と機械と薬品ばかりを親兄弟として生きて来た昔の淋しい、空虚な、一人ポッチの私自身に立ち帰っていた。

……自分は伯林《ベルリン》を出る時に、カイゼルに忠誠を誓って来るには来た。しかし、それでも本心を言うと自分は、真実のゲルマン民族ではないのだ。彼ら兵士とも、眼の前に突っ立っているワルデルゼイ氏とも全然違った人種なのだ。自分自身でも自分が何人種に属するかわからないたんなる一個の生命……天地の間に湧き出した、医術と音楽のわかる小さな一匹の蛆虫《うじむし》に過ぎないのだ。

……その三界無縁の一匹の蛆虫が、コンナ処へ来て、コンナにまでも戦慄し、驚愕して、言い知れぬ良心の呵責をさえ受けている原因は何処に在るのであろう。

……一体自分はここへ何しに来ているのだろう。

私はこの死骸の堡塁の中で、曾《かっ》ての中学時代に陥った記憶のある、あの虚無的な、底抜けの懐疑感の中へ今一度こうして深々と陥《は》まり込んでしまったのであった。今の疲れ切った頭では到底、泳ぎ渡れそうにない、無限の、底なしの疑惑の海……。

そう思えば思うほど、そうした戦争哲学のドン底に渦巻いている無限の疑惑の中に私はグングンと吸い込まれて行った。見渡す限りの黒土原……ヴェルダンの光焔……轟音……死骸の山……折れ砕けた校庭の樹列……そうしてかの美しい候補生……等々も皆、そうした疑惑の投影としか思えなくなって来た。

そう思いそう思い私はフト大空を仰いだ。

……かの大空に白く輝いている、割れ口のギザギザになった下弦《かげん》の月こそは、そうした戦争に対する疑惑の凝り固まった光ではなかったか……氷点下二百七十三度の疑惑の光……。

解　説

鈴木優作

「じゃぱん、がばめん、ふおるもさ、ううろんち、わんかぷ、てんせんす。かみんかみん」ひとたび読むや〈脳髄《のうずい》〉に纏《まと》わりついて離れない呪文のような魅力。この怪しく異化された稀有な文体によって久作文学という異界へ誘《いざな》われた読者は、本書に収められた作品を堪能し、その逸脱的かつ多面的な世界観に没入するだろう。

これらの八編は一九三四～三六年、久作の最晩年に発表されたもので、三五年に刊行された畢生《ひっせい》の大作「ドグラ・マグラ」や、これまでの作品にも通ずる点が多い。

「人間腸詰」（『新青年』一九三六年三月号）は、〇四年のセントルイス万国博覧会を舞台に、台湾館の烏竜茶店で呼び込みをする大工の治吉が人間を腸詰にする地下工場に囚われる、異国趣味の猟奇的な冒険譚。杉山龍丸『わが父・夢野久作』によれば、久作の父杉山茂丸の経営する「台華社出入りの大工さんが、ニューヨークでの万国博に行った体験談」を基にしているという。人肉の腸詰という発想に関しては、ドイツの肉屋フリッツ・ハールマンが四八人を殺害し腸詰などにして販売していたという二四年の事件があり、これを牧逸馬が三〇年に「世界怪奇実話」の一つとして紹介している。また、同様に腸詰にされかける男を描いた妹尾アキ夫「人肉の腸詰」（「楠田匡介の悪党振り」第三話、一九二七年）があり、江戸川乱歩「盲獣」（一九三一～三二年）の「鎌倉ハム大安売」も類似した発想といえよう。近代文明の集約的な場である「博覧会」にアメリカギャングの利欲が絡み、明治期舶来の加工品である「腸詰」の工場で生命の危機に直面する。久作が「唯物文化」と呼んだ西洋由来の物質文明と欲望に、「江戸ッ子」を自負する治吉が体一つで対峙するところに本作の痛快さがある。「街頭から見た新東京の裏面」で震災後の復興する帝都の「文明」に「江戸ッ子哀亡」を危惧した久作の思いが重なる。

「木魂《すだま》」（『ぷろふいる』一九三四年五月号）は、妻が病死し息子を鉄道事故で失った数学教師の心的過程を辿る作品。既に久作には二七年に、鉄道自殺をした自らの死体を眺める小品「線路」がある。このプロットを拡張したような本作は、数学教師「彼」が少年期に山中で体験した幻聴のような呼び声を聞く現象である木魂が、息子の死後に再び出現するまでの情景を丹念に描いている。「彼」は良心の呵責から懊悩《おうのう》の末に、やがて緩やかに狂気へと至る。「神秘的な心理現象」である木魂が心霊学の数理的な原則によって説明可能な現象とされているのは、「押絵の奇蹟」「ドグラ・マグラ」にもみられる神秘と科学を架橋する久作の技巧だ。

「無系統虎列剌《コレラ》」（『衆文』一九三四年五月号）は、婚約した男女の父同士である内科医と獣医の酒席で起こった死の顚末を描いている。同時代に九鬼澹《たん》が「トボケ口調」と評した長閑《のどか》さを感じさせる語りで、「田舎のちょっとした町」で起きた「ナンセンス悲劇」

「みんな馬鹿だったと言う話」の構造は「いなか、の、じけん」を思わせる。プロットの要約といった趣きのある「いなか、の、じけん」の小話一つを、一短編を構成するまでに伸展させたような作品だ。法医学者の談話を新聞記者が聞き書きするという形式には、『九州日報』記者時代に九大医学部に取材をしていた経験が活きているのではないだろうか。

「近眼芸妓と迷宮事件」（『富士』一九三四年一〇月号）は、無尽講に金を持ってくるはずの材木屋の主人が殺された事件が迷宮入りしたが、その妾である芸妓がひどい近眼であったために一年後に真相が明らかになるという話。舞台は田舎ではないが、これも「いなか、の、じけん」のように、ユーモアとナンセンスを基調とした作品である。

「S岬西洋婦人絞殺事件」（『文藝春秋』一九三五年八月号）は、大正×年、R市S岬で西洋婦人マリー・ロスコーが暴行・絞殺され、夫J・P・ロスコーが拳銃自殺を遂げたという事件を、法医学的考察を含みつつ扱っている。夫婦らの体に彫り込まれた刺青の秘密、変態性欲、夢中遊行などモチーフが豊かに詰まっている。刺青を「変態恋愛」「マゾヒスムス」との関わりからみる点は谷崎潤一郎「刺青」を想起せずにいられないし、夢中遊行はドイツ表現主義映画「カリガリ博士」にインスピレーションを受けたであろう「一足お先に」「ドグラ・マグラ」でも重要な役割を果たしている。犯人当ての要素は薄いが、それぞれのモチーフが一つの短編に収まりきらない拡がりを感じさせる作品だ。

「髪切虫」（『ぷろふいる』一九三六年一月号）は、二千年前のエジプト女王クレオパトラの魂が現代に転生したかも知れぬ、髪切虫を主人公とした作品である。遠い過去の生命意識が時空を超えて引き継がれるという神秘的な発想の遠景には、丘浅次郎『進化論講話』を読むなど久作が進化論に深く興味を抱いていたという経緯があるだろう。進化を鼻の表現に象徴化したエッセイ「鼻の表現」においても、クレオパトラへの言及がある。動物と人間の順序は本作と異なるが、ヘッケルの反復説を下敷きに人類の意識の古層に虫や動物の心理を措定した、「ドグラ・マグラ」の心理遺伝にも通じよう。人間と他生物との間に連続性を見いだす生物科学への関心に裏打ちされた、久作の悠大な生命史観が窺える。

「悪魔祈禱書《きとうしょ》」（『サンデー毎日』一九三六年三月春季特別号）は、古本屋を訪れた大学助教授が、世界に一冊しかないという悪を称えた聖書が盗まれたいきさつを店主から聞くという話。「悪魔祈禱書」における「悪魔」とは物質と欲望で、これが世界を構成し、強者が地上を支配するという本の内容は、久作が「唯物文化」や「生存競争」と呼び警鐘を鳴らした近代文明観であることにも注目したい。久作はさりげなく作中に自身の思想の一部を挿入し、垣間見せているのだ。

「戦場」（『改造』一九三六年五月号）は、第一次世界大戦下のドイツ軍で、ヴェルダン要塞への総攻撃における死傷者の始末にあたるオルクス・クラデル軍医中尉が、戦場に隠されたある恐ろしい事件に巻き込まれてゆく話だ。すでに満州事変が勃発し、日中戦争の前年であった当時としては、思い切った直接的な反戦の表現が冒頭からみられ、戦場に響く砲火の「轟音」が「BAKA-BAYASHI のリズム」に聞こえるという語りは苛烈な戦争をナンセンスな事象として描写している。しかしこうした反戦のメッセージのみが本作の主眼ではない。この戦場には探偵小説としての〈謎〉が布置されており、〈探偵〉として推理を働かせ真相を悟ったオルクスの「良心」は、戦争以上の狂気じみた陰謀に震え戦《おのの》く。この側面からは、探偵小説とは人間心理に潜在する悪性を暴露することで「良心の戦慄を味う小説である」という、「探偵小説の真使命」などで創作と平行して同時期に展開していた独自の探偵小説論との共振性が読みとれよう。

――文明と欲望――狂気と良心――神秘と科学――ユーモアとナンセンス――。

本書には、久作が自らの文学総体を通じて渉猟した、多彩な世界が鮮やかに表れている。そこに未だ更なる開拓の可能性を残しながら、一九三六年三月一一日、久作はこの世を去る。

読者の皆様へ

『人間腸詰』は一九三四〜三六年に発表された著者の作品を、七八年に短編集として刊行したもので、本書はその改版です。

作品発表当時と現在では、人権意識や医学的な知見が異なります。そのため、本書の中には、毛唐、白痴《こけ》野郎、混血娘《あいのこ》、猶太人《ジュー》、キチガイ、盲滅法、精神異常者、盲目《めくら》、唖《おし》、躄《いざり》、片輪、佯狂《にせきちがい》など、疾患や遺伝、特定地域に対する誤解や偏見を含む、差別的な描写があります。

「支那（人）」「チャンチャン」「チャンコロ」などという言葉は、第二次世界大戦以前に多用された、中国に対する侮蔑的な表現であり、現代では決して許されるものではありません。また、「元来ユダヤ人というものは人類の全部をナマケモノにしてコッソリと亡ぼしてしまって、ユダヤ人だけで世界を占領してしまおうと思って、昔から心掛けて来た人種だ」という表現は、陰謀史観に基づくユダヤ人への偏見であり、明らかに不適切です。

しかし、雑誌に掲載され、広く読まれた作品の中には、当時の文化や風俗、社会通念が、作品の設定そのものとわかちがたく結びついている部分があります。

作者は一九三六年に他界しており、こうした状況を踏まえ、本作を当初の表現のまま出版することとしました。あらゆる差別に反対し、差別がなくなるよう努力することは出版に関わる者の責務です。この作品に接することで、読者の皆様にも現在もなお、さまざまな差別が存在している事実を認識していただくとともに、皆様にとって人権を守ることの大切さについて、あらためて考えていただく機会になることを願っています。

角川文庫編集部

人《にん》間《げん》腸《ちよう》詰《づめ》

夢《ゆめ》野《の》久《きゆう》作《さく》

昭和53年 1月20日 初版発行
令和 4 年 3月25日 改版初版発行
令和 5 年 5月30日 改版6版発行

発行者●山下直久

発行●株式会社KADOKAWA
〒102-8177 東京都千代田区富士見2-13-3
電話 0570-002-301(ナビダイヤル)

角川文庫 23100

印刷所●株式会社KADOKAWA
製本所●株式会社KADOKAWA

表紙画●和田三造

●お問い合わせ
https://www.kadokawa.co.jp/ (「お問い合わせ」へお進みください)
※内容によっては、お答えできない場合があります。
※サポートは日本国内のみとさせていただきます。
※Japanese text only

Printed in Japan
ISBN 978-4-04-112325-6 C0193

◆◆◆

角川文庫発刊に際して

角川源義

第二次世界大戦の敗北は、軍事力の敗北であった以上に、私たちの若い文化力の敗退であった。私たちの文化が戦争に対して如何に無力であり、単なるあだ花に過ぎなかったかを、私たちは身を以て体験し痛感した。西洋近代文化の摂取にとって、明治以後八十年の歳月は決して短かすぎたとは言えない。にもかかわらず、近代文化の伝統を確立し、自由な批判と柔軟な良識に富む文化層として自らを形成することに私たちは失敗して来た。そしてこれは、各層への文化の普及滲透を任務とする出版人の責任でもあった。

一九四五年以来、私たちは再び振出しに戻り、第一歩から踏み出すことを余儀なくされた。これは大きな不幸ではあるが、反面、これまでの混沌・未熟・歪曲の中にあった我が国の文化に秩序と確たる基礎を齎らすためには絶好の機会でもある。角川書店は、このような祖国の文化的危機にあたり、微力をも顧みず再建の礎石たるべき抱負と決意とをもって出発したが、ここに創立以来の念願を果すべく角川文庫を発刊する。これまで刊行されたあらゆる全集叢書文庫類の長所と短所とを検討し、古今東西の不朽の典籍を、良心的編集のもとに、廉価に、そして書架にふさわしい美本として、多くのひとびとに提供しようとする。しかし私たちは徒らに百科全書的な知識のジレッタントを作ることを目的とせず、あくまで祖国の文化に秩序と再建への道を示し、この文庫を角川書店の栄ある事業として、今後永久に継続発展せしめ、学芸と教養との殿堂として大成せんことを期したい。多くの読書子の愛情ある忠言と支持とによって、この希望と抱負とを完遂せしめられんことを願う。

一九四九年五月三日

角川文庫ベストセラー

書を捨てよ、町へ出よう　寺山修司平均化された生活なんてくそ食らえ。本も捨て、町に飛び出そう。家出の方法、サッカー、ハイティーン詩集、競馬、ヤクザになる方法……、天才アジテーター・寺山修司の100%クールな挑発の書。

ポケットに名言を　寺山修司世に名言・格言集の類は数多いけれど、これほど型破りな名言集はきっとない。歌謡曲から映画の名セリフ。思い出に過ぎない言葉が、ときに世界と釣り合うことさえあることを示す型破りな箴言集。

不思議図書館　寺山修司けた外れの好奇心と独特の読書哲学をもった「不思議図書館」館長の寺山修司が、古本屋の片隅や古本市で見つけた不思議な本の数々。少女雑誌から吸血鬼の文献資料まで、奇書・珍書のコレクションを大公開！

幸福論　寺山修司裏町に住む、虐げられし人々に幸福を語る資格はないのか？　古今東西の幸福論に鋭いメスを入れ、イマジネーションを駆使して考察。既成の退屈な幸福論をくつがえす、ユニークで新しい寺山的幸福論。

誰か故郷を想はざる　寺山修司酒飲みの警察官と私生児の母との間に生まれて以来、家を出て、新宿の酒場を学校として過ごした青春時代を、虚実織り交ぜながら表現力豊かに描いた寺山修司のユニークな「自叙伝」。

角川文庫ベストセラー

角川文庫ベストセラー

角川文庫ベストセラー

金田一耕助ファイル11
首
横溝正史

滝の途中に突き出た獄門岩にちょこんと載せられた生首。まさに三百年前の事件を真似たかのような凄惨な村人殺害の真相を探る金田一耕助に挑戦するように、また岩の上に生首が……事件の裏の真実とは？

金田一耕助ファイル12
悪魔の手毬唄
横溝正史

岡山と兵庫の県境、四方を山に囲まれた鬼首村。この地に昔から伝わる手毬唄が、次々と奇怪な事件を引き起こす。数え唄の歌詞通りに人が死ぬのだ！　現場に残される不思議な暗号の意味は？

金田一耕助ファイル13
三つ首塔
横溝正史

華やかな還暦祝いの席が三重殺人現場に変わった！　宮本音禰に課せられた謎の男との結婚を条件とした遺産相続。そのことが巻き起こす事件の裏には……本格推理とメロドラマの融合を試みた傑作！

金田一耕助ファイル14
七つの仮面
横溝正史

あたしが聖女？　娼婦になり下がり、殺人犯の烙印を押されたこのあたしが。でも聖女と呼ばれるにふさわしい時期もあった。上級生りん子に迫られて結んだ忌わしい関係が一生を狂わせたのだ――。

金田一耕助ファイル15
悪魔の寵児
横溝正史

胸をはだけ乳房をむき出し折り重なって発見された男女。既に女は息たえ白い肌には無気味な死斑が……情死を暗示する奇妙な挨拶状を遺して死んだ美しい人妻。これは不倫の恋の清算なのか？